Oscuramente fuerte es la vida

ANTONIO DAL MASETTO

Oscuramente fuerte es la vida

Planeta

Biblioteca del Sur

Novela

Diseño de cubierta: Mario Blanco
Diseño de interior: Fabián Lucu / Daniel Galst

Quinta edición: setiembre de 1994
© 1990, Antonio Dal Masetto

Derechos exclusivos de edición en castellano
reservados para todo el mundo:
© 1990, Editorial Planeta Argentina S.A.I.C.
Independencia 1668, Buenos Aires (Argentina)
© 1990, Grupo Editorial Planeta
ISBN 950-742-015-0

Hecho el depósito que prevé la ley 11.723
Impreso en la Argentina

A mi madre,
María Rosa Cerutti

Visible, invisible
el carretero en el horizonte
entre los brazos del camino llama,
responde a la voz de las islas.
Tampoco yo voy a la deriva,
en torno rueda el mundo, leo
mi historia como el guardián nocturno
las horas de lluvia.

SALVATORE QUASIMODO

UNO

Mi casa estaba en las afueras de Trani, pasada la fábrica textil y los primeros prados, subiendo hacia esos montes por los que se podía ir o escapar a Suiza y a Francia. Desde el patio, asomándose a la cuesta, se veían las desembocaduras de los ríos San Giovanni y San Giorgio, una a cada costado del pueblo, y entre ambas los techos de tejas apretados en el último declive contra la costa del lago, y detrás las islas, las estelas lentas de los botes de los pescadores, los campanarios de los poblados de la margen opuesta, los espinazos de montañas en el aire transparente. En ese lugar nací, una mañana de julio de 1911, año en que, según me contaban, los ríos habían crecido como nunca y el San Giorgio se había llevado una casa construida demasiado cerca de la orilla, y con la casa una familia entera. Los míos eran de ahí, aparentemente siempre habían vivido ahí. Hasta donde sé, hasta donde sabían los que me criaron y educaron, ninguno de los que nos precedieron había llegado desde otras regiones. Me pusieron Agata por mi abuela paterna y Antonietta por

11

mi abuela materna. Tengo dos nombres más, heredados de tías a las que apenas conocí. Ahora que me acerco a los ochenta y también yo soy abuela, en esta tierra de llanuras y horizontes abiertos, en este otro pueblo de provincia donde vivimos desde que llegamos a la Argentina después de la guerra, sigo pensando en aquellos paisajes y en aquella gente con el asombro de quien, cada día, encuentra en su memoria una novedad. Me demoro recordándolos cuando estoy sola y también, de tanto en tanto, relatándoles algunas anécdotas a mis nietos. Ellos, que viven en un mundo lleno de estridencias y velocidad, seguramente sienten que mis historias provienen desde un país un tanto irreal, perdidas en la bruma de un tiempo que no es ni podrá ser jamás el suyo. Para mí, en cambio, cada vez más, es como si todo hubiese ocurrido ayer.

DOS

A VECES ME DIGO que quien nunca ha visto un nogal no sabe lo que es un árbol. Al fondo del terreno, más allá de las seis hileras de vides y los almácigos, había un nogal. Era alto y fuerte y a través de sus hojas se veían las cimas nevadas. Trepado a una escalera apoyada en el tronco, armado de una vara, mi padre sacudía las ramas con vigor. Me llamaba para que trajera la canasta y juntara las nueces. Hombre extraño, mi padre. Murió cuando yo tenía dieciocho años, y jamás lo vi reír. En una oportunidad me pareció oírlo llorar a través de una puerta. Fue después de la paliza que le dieron tres fascistas. Pero no estuve segura de que llorara realmente.

No reía, hablaba poco. Quizá por eso la imagen que siempre vuelve es la de cierta noche de tormenta en que por única vez mi padre se mostró comunicativo con mi hermano y conmigo.

La empresa donde trabajaba lo había designado para una instalación de cañerías en el castillo de la Isola Bella, en la mitad del lago. Iba y venía todos los días en el trasbordador. Regresaba a casa alrededor

13

de las diez. Una noche no apareció a la hora acostumbrada. Se hicieron las once, las doce. Nos preguntábamos qué podría haberle pasado y decidimos esperarlo levantados. Yo había quitado y vuelto a poner la olla sobre el fuego varias veces. Llovía y oíamos el viento ulular entre los árboles. No hablábamos casi, permanecíamos sentados, a la luz de la vela, escuchando. Cada tanto mi hermano salía, cruzaba el patio corriendo y se asomaba a la cuesta. Volvía y me informaba:

—No se ve nada.

Pregunté:

—¿Y si no viene?

Echó otro leño a la estufa y no me contestó. La tormenta empeoraba. Hubo un gran ruido afuera. Carlo, cauteloso, abrió la puerta, se asomó y me dijo que acababa de quebrarse y caer una rama del peral. Siguió pasando el tiempo. Yo me distraía con la vela, acercaba la cara lo más posible, espiaba dentro de la llama, veía cómo se consumía el pábilo y la cera se derretía y luego se endurecía al deslizarse. Era un juego que solía practicar y podía pasarme horas encandilada por aquella danza y aquel trabajo del fuego. Más de una vez me había quemado el pelo por acercarme demasiado. Mirando el fuego no necesitaba pensar.

Ya eran más de las dos cuando se abrió la puerta y apareció mi padre. Me impresionaron la palidez y la expresión de su cara. Nos saludó, se quitó la capa empapada, el sombrero, fue a cambiarse y después se sentó a comer su plato de sopa. Nos sentamos frente a él y no hicimos preguntas. Pese al silencio, a medida que pasaban los minutos, yo presentía que aquella noche tenía un peso diferente, como si en esa especie de distancia que nos separaba siempre se hubiese establecido una tregua. Observaba sus gestos lentos y no me inhibía mirarlo de frente. Recuerdo la gravedad de mi padre, el subir y el bajar de la cuchara, el titilar de la vela y aquel clima cargado.

Después, como si hablara a un auditorio distante y hundido en la oscuridad, contó que se había demorado más que de costumbre para no dejar inconcluso un tramo de instalación y había perdido el trasbordador. Podía haberse quedado a dormir en la isla ya que le habían ofrecido una cama, pero pensó que estábamos solos y que nos alarmaríamos al ver que no regresaba. Así que decidió alquilar un bote. Amenazaba tormenta y el botero se negó a llevarlo argumentando que era peligroso tratar de cruzar en esas condiciones. Mi padre insistió e insistió, le habló de nosotros y logró convencerlo. El botero miró el cielo, miró el lago y dijo:

—Vamos, tal vez nos dé tiempo.

Mi padre relataba muy lentamente, deteniéndose en los detalles, como si estuviese reviviendo la experiencia, como si estuviese rescatando trabajosamente aquellos hechos desde un tiempo lejano y le pesara un dolor. También yo lo escuchaba como si esas cosas vinieran del pasado y una voz las recordara en esa noche de tormenta igual que se cuenta una historia de terror para aumentar el placer de la tibieza del fuego y la seguridad de la puerta cerrada.

En el trayecto hacia la orilla un compañero del botero los interceptó para preguntarles si irían al lago, y al recibir una respuesta afirmativa sacudió la cabeza en señal de desaprobación. Se quedó parado en medio del camino, mirándolos alejarse, y después les gritó:

–No vayan. Esta noche el lago está envenenado.

Cuando llegaron abajo el cielo ya estaba lleno de relámpagos y el bote temblaba en el oleaje de la caleta. Un farol colgado de un poste oscilaba sacudido por el viento, y la luz barría el muelle y el agua. Más allá no había más que oscuridad y daba la sensación de que uno fuese a meterse en una cueva sin fondo. El botero, detenido bajo aquella luz, preguntó:

–¿Todavía quiere ir?

Mi padre contestó que sí. Bajaron los escalones de piedra y se acomodaron en el bote. Se alejaron rápidamente de la isla y un rato después se desató la tormenta. En cuestión de segundos el lago se convirtió en un infierno: lluvia, viento, olas enormes. El farol que llevaban en la proa se apagó o fue arrebatado por el agua. El bote se elevaba y después caía y todo el tiempo amenazaba darse vuelta. Ya era imposible dirigirlo. Desde la oscuridad desgarrada por los relámpagos, mi padre veía surgir y desaparecer frente a él la empecinada figura del botero aferrado siempre a los remos. Tuvo la certeza de que ese hombre y él morirían juntos. Pero no sintió miedo. Todo el tiempo tenía nuestras imágenes delante de los ojos y su gran pena era saber que no volvería a vernos.

El bote seguía aguantando milagrosamente y en algún momento mi padre vislumbró, lejos, un destello luminoso que, supuso, debía ser el faro de la costa.

Pero era como algo lejano e inalcanzable, una imagen de sueño o una esperanza fuera de toda posibilidad. Mantuvo los ojos fijos en esa señal y la siguió buscando cuando se le perdía. Y poco a poco aquella luz se hizo más nítida y estuvo ahí nomás, sobre ellos, a la distancia de una pedrada. La pericia de aquel botero no sólo había mantenido el bote a flote, sino que había encontrado el camino. Lograron entrar al pequeño puerto y saltaron a tierra. Amarraron el bote y después caminaron juntos un trecho, siempre bajo la lluvia y acosados por el viento. Cuando llegó el momento de separarse, mi padre buscó las palabras para expresar su agradecimiento, pero no las encontró, así que tendió la mano y mientras estrechaba la del botero volvió a pensar en nosotros y hubiese deseado que aquel hombre sintiese todo lo que estaba tratando de manifestar con aquel gesto. El botero, por su parte, solamente habló para decir:

—Buenas noches.

Yo estaba conmocionada por aquel relato. Quieta en mi lugar, pendiente de los labios de mi padre, pensaba en el lago que conocía, manso, liso, con sus colores densos y cambiantes, reflejando las montañas en los días de buen tiempo. O el lago neblinoso de los días de lluvia y también el increíble lago bajo la fiesta de las nevadas. Recordaba las noticias sobre accidentes, botes destrozados, nadadores desaparecidos. Y la tradicional prohibición de ir a bañarse para Santa Anna, porque ese día siempre se ahogaba alguien. Y el estribillo que cantábamos:

Santa Anna
quiere tres
en su fontana

Pensaba en el lago y dejaba que fluyeran las imágenes. Ahora había una más, la que me había transmitido el relato de mi padre, e intuía que a

17

partir de esa noche seguramente se impondría a todas las otras.

Mi padre calló. Después se levantó y entonces supimos que había llegado la hora de acostarnos. Tardé en dormirme. Desde la tibieza de la cama daba gusto oír la lluvia y el viento arreciar afuera.

TRES

LA HISTORIA DE AQUELLA NOCHE DEL LAGO y el botero
pertenece a la época en que vivíamos los tres solos:
mi padre, mi hermano y yo. Mis recuerdos van más
lejos. Recupero la figura de mi madre. Las de mis
abuelos. Alrededor de ellos, sobre ellos, siempre
están el terreno y la casa.

Ese terreno había sido ganado por mi bisabuelo
materno, Giovanni Rastellini, en una apuesta que
tenía sabor de hazaña, mencionada con misterio y
orgullo en las sobremesas de los días de fiesta, pero
cuyos detalles los mayores se cuidaban de revelar-
me. Al principio pensaba en luchas, carreras de
caballos, pulseadas, partidas de cartas, pero aquella
insistencia en escamotearme la verdad me hizo sospechar en algún tipo de desafío que orillaba lo
prohibido. Por lo tanto, cuando se volvía a tocar el
tema, yo callaba, con la esperanza de descubrir algunos
datos que me dieran pistas reales. Nunca pude
averiguar nada.

Lo cierto es que aquel pedazo de tierra constituyó
la base de lo que sería nuestra casa. Muchos años

19

después de la muerte de Giovanni Rastellini, su hija Antonietta, mi abuela, empedernida jugadora de lotto, acertó un terno e hizo construir la primera pieza y la cocina. Ella y mi abuelo Carlo siguieron viviendo en el pueblo, en el tercer piso de un caserón de la calle San Fabiano. De aquel golpe de suerte todavía le sobró dinero para la dote de mi madre.

En esos dos cuartos vivieron mis padres. Ahí nacimos mi hermano y yo. Aunque para entonces ya habían sido agregados otra habitación y un sótano.

Tal como la recuerdo, mi abuela Antonietta era una mujer menuda y activa, pelo muy crespo y peinado con raya al medio. Venía seguido a visitarnos, nos preparaba la comida, nos lavaba la ropa. Era bondadosa, siempre dispuesta a prestar ayuda. Poseía un carácter firme, tenía un claro y personal sentido de la justicia y sabía hacer valer sus derechos. Yo le conocía una anécdota de cuando era jovencita y trabajaba como obrera en una hilandería. Me gustaba oírsela porque ponía un entusiasmo especial en el relato, como si todavía la divirtiese o la enorgulleciera, y siempre agregaba algún detalle nuevo. En aquella fábrica, de tanto en tanto, misteriosamente, cuando por alguna circunstancia debía abandonar su puesto, Antonietta solía encontrar los hilos del telar rotos. Un día descubrió quién era la causante: una compañera, mujer hecha, veinte años mayor que ella, que la odiaba por alguna razón. Antonietta le dio una paliza que, según aseguraba, no fue poca cosa. Se la tuvieron que sacar de las manos porque de lo contrario le hubiese arrancado todos los pelos. Pelearse en la fábrica con una compañera significaba el despido para ambas, no importaba quién tuviese razón. Sin embargo, en esa oportunidad, el director la felicitó. Tal vez porque consideró que mi abuela había defendido los intereses de la empresa.

En esa época, las chicas del pueblo que llevaban una conducta ejemplar integraban una lista de honor. Chicas de su casa, que salían poco, que trabajaban duro, que eran honradas, que constituían un ejemplo para todas las demás. Lo cierto es que, cuando se casaban, el Municipio les hacía un regalo: una moneda de oro. Eran tiempos en que todavía se usaban monedas de oro. Mi abuela Antonietta fue una de las favorecidas. También de esto estaba orgullosa, aunque solía terminar la historia ironizando sobre el asunto. Sonreía y decía:

—En realidad nadie podía estar seguro de que las elegidas fuesen tan honradas.

Tuvo siete hijos y seis murieron al nacer. Solamente lograron salvar a una, mujer: mi madre. Ignoro dónde aprendió Antonietta todo lo que sabía, pero me consta que sabía muchas cosas y que hasta el fin de sus días —llegó a cumplir los ochenta y seis— siempre se ganó su plata. Era lavandera. También enfermera. Y curandera. Iba muchísima gente a verla. Para algunos era más confiable que un médico. Si había que cuidar a un enfermo grave, acudían a ella. De tanto en tanto solían requerirla para vestir a algún difunto. Recuerdo que, estando en su casa o en la nuestra, a veces aparecía un muchacho corriendo, llamándola a los gritos:

—Antonietta, Antonietta.

Alguien había sufrido un ataque de presión. Antonietta siempre tenía sanguijuelas listas. Después de aplicarlas sobre el cuerpo del enfermo las colocaba en ceniza para que se deshincharan. Curaba todo tipo de lastimaduras con un ungüento al que llamaba aceite de escorpión. Las torceduras no tenían secretos para ella. Masajeaba con habilidad y paciencia, untando brazos y piernas con una pasta elaborada a base de grasa de cerdo, de olor fuerte y color caramelo. El tratamiento podía durar días, pero no fallaba. Cobraba monedas.

Cierta vez le trajeron a un muchacho que había estado en la guerra y se había despeñado en un barranco. Tenía la espalda destrozada, estaba arruinado. No era de Trani, sino de un pueblo del otro lado del lago, bastante lejos, lo cual me hizo pensar que a mi abuela la conocían en muchas partes. Lo instalaron en una cama, en una casa, y poco a poco, con ungüentos y yuyos, lo curó.

Recuerdo que intervino en otro caso grave. Los integrantes de una junta médica habían resuelto amputar la pierna de cierta mujer, esposa de un panadero de Tersaso, un pueblo cuyas casas comenzaban ahí nomás, detrás de la nuestra, cruzando algunos sembrados. La familia, antes de aceptar aquella determinación, consultó con mi abuela. Ella acudió y colocó una cadena de sanguijuelas alrededor del muslo. Al cabo de varias aplicaciones, las sanguijuelas chuparon toda la sangre enferma y la mujer sanó sin necesidad de amputación. Me contaban que los médicos estaban asombrados.

El doctor De Lorenzo, viejo cirujano del pueblo, la apreciaba mucho. La conocía porque donde estaba él, siempre, por una razón o por otra, también estaba Antonietta. Al saludarla le decía:

—¿Cómo está, mujer de roble?

Si yo estaba con ella me tomaba el mentón, se agachaba y me miraba a los ojos:

—Esta abuela tuya vale un Perú.

A veces Antonietta me llevaba a visitar a sus pacientes. Entonces yo corría detrás, cuesta arriba o cuesta abajo por calles y senderos, tratando de no quedar rezagada. Mi abuela, sin detener su paso parejo, giraba la cabeza y me alentaba:

—Vamos, Agata, que nos están esperando.

Llegábamos. Había saludos, frases apresuradas y en voz baja. Después mi abuela me tocaba la cabeza y me decía:

—Tardo poco.

Me sentaba en una cocina en penumbra o en un patio (los recuerdos con parrales y glicinas), y siempre había una mujer que me ofrecía una rebanada de pan o una fruta. Esperaba mirando la puerta por la que mi abuela había desaparecido. Aquellas puertas, todas, eran para mí el acceso a una zona de misterio, donde ella ejercía una suerte de poder mágico. El misterio me alcanzaba, me envolvía, y en esas esperas era como si el curso del tiempo se hubiese detenido. No me impacientaba, seguía el vuelo de las moscas, de una abeja. Sabía que en cualquier momento la vería emerger de lo desconocido y del silencio. Así sucedía y entonces el mundo volvía a ser como antes. Emprendíamos el regreso con menos prisa y durante el camino mi abuela deslizaba parcos comentarios acerca de la familia que habíamos visitado. Más bien se refería a parentescos y oficios, raras veces a accidentes y enfermedades. La escuchaba, me preguntaba si algún día sería como ella, si adquiriría su sabiduría y si la gente vendría a buscarme para solicitar mi ayuda. Aunque no lo advirtiera, seguramente comenzaba a asimilar la tácita enseñanza que, primero confusamente, luego con más claridad, se me fue revelando con el correr de los años: la evidencia de que mi abuela no dependía de nadie, de que se bastaba y seguramente siempre se había bastado a sí misma. La admiraba. Veía el lago y las aguas correntosas de los ríos San Giorgio y San Giovanni fluir y amansarse en aquella superficie quieta, y me parecía que así era mi abuela. Las cosas que me rodeaban, aquello que intuía y no entendía, las complejidades del mundo y de la gente, se amansaban, se simplificaban al derivar hacia ella. Y desde ella me ofrecían una respuesta sin palabras, que me calmaba y me otorgaba seguridad.

CUATRO

Siempre tuve la impresión de que a mi abuelo Carlo, marido de Antonietta, lo veía menos que a ella. Aunque también él nos visitaba a menudo. Tal vez se debiese a que era un viejo más bien huraño, muy testarudo, con ideas fijas y malhumor. De todos modos, estoy segura de que su presencia fue una de las buenas cosas que me tocaron vivir entonces. Carecía de la serenidad y la fuerza de mi abuela, a la que yo veía moviéndose por el mundo como si siempre la envolviera una gran luz. En él todo era chispazos, explosiones, fuegos de artificio, caprichos. Tenía actitudes infantiles, como si nunca hubiese terminado de convertirse en adulto. O como si el haber vivido tantos años al lado de esa mujer le hubiese permitido el lujo de no crecer. En el fondo era un hombre tierno, y con el tiempo descubrí que su mal carácter era la única manera de comunicarse con nosotros y con el resto de la gente. No sabía hacerlo de otro modo.

Hablaba solo, caminaba apoyándose en un bastón,

no soportaba que lo contradijeran. Se la pasaba aspirando por la nariz un tabaco pulverizado que, según aseguraba, era óptimo para el resfrío y la malaria. El día de San Carlo siempre le hacíamos el mismo regalo. Mi padre subía desde el sótano una botella del mejor vino. Mi hermano y yo cortábamos una rosa en el jardín, la atábamos a la botella y se la llevábamos. En aquellas oportunidades echaba unas pizcas de tabaco entre los pétalos de la rosa y después aspiraba con fuerza, al mismo tiempo, polvo y aroma. Eso nos divertía. Cada año reiterábamos el obsequio y él, la broma. Fue uno de los pocos rasgos de humor que le conocí.

Cuando iba o volvía de la escuela solía pasar por su casa. A menudo mi abuela no estaba. Yo tenía la costumbre de sacar un poco de azúcar a escondidas. Lo colocaba en un papel, hacía un paquetito, me lo guardaba en el bolsillo y después lo comía en la escuela o en la calle. Mi abuelo había descubierto ese hábito mío y al día siguiente me acusaba:

—Otra vez robaste azúcar.

Yo negaba. Mi abuelo colocaba el tarro en los estantes altos. Pero en cuanto se descuidaba me trepaba por los muebles y lo alcanzaba. Entonces comenzó a esconderlo. Solía encontrarlo de todos modos, aunque me llevaba cada vez más tiempo. Apenas llegaba, no bien cruzaba la puerta, mi abuelo comenzaba a controlarme, no me perdía pisada. Dábamos vueltas por las habitaciones, espiándonos mutuamente. Si me veía abrir un mueble, preguntaba:

—¿Qué estás buscando?

—Nada —contestaba.

Se enojaba:

—¿Cómo que nada? Estás buscando el azúcar.

Así estábamos. Todos los días era el mismo juego: él tratando de sorprenderme robando y yo esperando un descuido suyo para robar. Hasta que mi abuelo tomó una determinación. No habló con mi abuela ni con mi padre ni con mi madre. Me acompañó a la escuela y me acusó ante la maestra. Estábamos los tres solos en el pasillo. La maestra no entendía, preguntaba:

—¿Azúcar?

Y mi abuelo:

—Sí, cada vez que viene a mi casa roba un poco de azúcar.

Era una situación extraña. La maestra me miraba, lo miraba a él y, me pareció, no sabía qué hacer. Por fin se dirigió a mí y dijo:

—Eso no se hace.

Y ahí terminó todo. Mi abuelo se fue satisfecho.

En aquel caserón de la calle San Fabiano, en el balcón, mi abuelo tenía algunas gallinas. De tanto en tanto limpiaba el pequeño gallinero. Juntaba el estiércol y lo acumulaba en un canasto. Cuando el canasto estaba lleno, se lo cargaba al hombro y con su paso lento se encaminaba hacia nuestra casa. Después se pasaba algunas horas abonando prolijamente la tierra de la huerta.

Venía para eso y, cuando era la época, para sentarse afuera, en una silla, con un vaso de vino en la mano, a mirar el duraznero. Lo había plantado hacía mucho y daba unos frutos grandes y aterciopelados. Teníamos prohibido tocarlos, ya que él quería ser el primero en arrancarlos cuando estuviesen maduros. Los contaba. Estaba preocupado porque, año tras año, los duraznos tardaban más en madurar. Y eso, según su teoría, se debía a que el sol ya no calentaba como antes y cada vez calentaría menos y terminaría por enfriarse. Pronosticaba malos tiempos para el futuro del mundo. Así que se instalaba durante horas frente al árbol y meditaba y murmuraba, hasta que se hacía la hora de regresar a su casa.

Pero sobre todo solía aparecer para controlar los límites de nuestro terreno. El terreno lindaba con otro, propiedad de un tal Terzoli, tan viejo como mi abuelo, hombre muy rico, dueño de medio pueblo. Poseía una fábrica, casas, tierras por todas partes, carrozas, cocheros, caballos, mayordomo, mucamas. Vivía en una gran casa, en el centro de un parque, sobre una colina.

El límite entre ambos terrenos estaba apenas marcado con algunas piedras o unas estacas colocadas de tanto en tanto. También Terzoli, pese a sus riquezas, llegaba hasta ahí para controlar si mi abuelo no lo había despojado de algunos centímetros de propiedad. A menudo los dos viejos coincidían y se peleaban. Mi abuelo había punteado una franja de tierra para sembrar y el otro lo increpaba:

—Te pasaste del límite, me robaste un pedazo de terreno, ladrón.

Mi abuelo gritaba:

—¿Quién es el ladrón? Esto es mío, hasta acá mando yo, delincuente.

Así cada vez que se encontraban. Ladrón va y ladrón viene. Una noche, Terzoli desplazaba las marcas. A la noche siguiente, las corría mi abuelo. Durante el día se acusaban:

—Moviste las piedras.

El que más insultaba era mi abuelo:

—Asesino, te hiciste rico matando a la gente de hambre.

Se apuntaban con los bastones y se amenazaban.

Yo los miraba desde la casa. Aquellos dos viejos vociferando y gesticulando me divertían y también me asustaban un poco. Terzoli murió antes que mi abuelo y se acabó el pleito. Después supe que uno de los hijos era jugador y con el tiempo perdió toda la fortuna de la familia.

CINCO

No conservo imágenes de mi madre caminando. Solamente la vi en cama. A veces se me cruza como un vago recuerdo de haber ido en alguna oportunidad a hacer compras con ella. Pero es imposible que esto haya ocurrido.

Cuando nací, mi padre no estaba en Trani. Trabajaba en Crusina, en una fábrica, lejos, más allá de las montañas que comenzaban cruzando el río San Giorgio. Venía a casa cada quincena. Mi madre se sentía tan contenta por haber tenido una nena que quiso ir a visitarlo (mi hermano Carlo había nacido dos años antes). En esos tiempos la gente se trasladaba en carro. Los caminos eran malos y parece que a causa del traqueteo y el esfuerzo del viaje, como era fresca de parto, se le dañó el estómago. Por lo menos eso fue lo que me explicaron años más tarde. Lo cierto es que ya no podía comer, se ahogaba. La vieron varios médicos, la sometieron a diferentes tratamientos, todo sin resultado. Un cirujano de nombre Cavazzani, considerado una eminencia, dijo que se podía intentar operarla, aunque no garantizaba el éxito de la intervención. Mi padre tuvo miedo, argumentó que si era tan peligroso prefería que no la tocaran.

Mi mamá se metió en cama. Se alimentaba de bizcochos mojados en leche, porque otra cosa no podía digerir. Los primeros tiempos se levantaba un poco, pero se fue poniendo cada vez peor y así vivió, postrada, consumiéndose. Mi padre consiguió un trabajo en Trani, para estar cerca de ella.

Sobre la loma donde vivíamos había solamente tres casas. Una pertenecía a la señora Rosa. Estaba ubicada cruzando nuestro terreno, tenía planta baja y primer piso, la habitaban tres familias. La otra era la del viejo Mulín. La propiedad del Mulín era la primera subiendo desde la calle ancha, nacía en el sendero y se extendía paralela a la nuestra hasta el fondo, donde estaba el nogal y corría una callecita entre arbustos por la que apenas hubiese podido pasar un carro. Hacía años que nadie metía mano en el terreno del Mulín, parecía una selva. El viejo se pasaba las horas sentado en un banco, en la puerta, con el sombrero puesto, bajo la higuera y la parra, los ojos fijos y las manos cruzadas sobre el mango del bastón. Nadie venía a visitarlo. Daba miedo verlo. La esposa del Mulín había fallecido cuando los hijos eran chicos. Había tenido nueve y fueron colocados acá y allá, con diferentes familias, en Trani y también en otros pueblos. La casa se desmoronaba. Los higos maduraban, caían y se pudrían en el suelo. La uva se secaba en la parra. Cuando me tocaba pasar sola por aquel sendero miraba de reojo hacia adentro y veía al viejo a través de los arbustos, siempre en la misma posición, siempre inmóvil. Entonces apuraba el paso.

A una de las hijas del Mulín, Emilia, la habían

criado las monjas del orfanato Santa Lucía y al crecer
tomó los hábitos. En ese orfanato me internaron
durante la Primera Guerra Mundial. A mi papá lo
movilizaron, aunque no lo mandaron al frente sino
a una fábrica de armamentos. Emilia me conocía y
me llevó algunas veces a ver a mi mamá, no muchas.
Recuerdo que, cuando pasábamos delante de la casa
del viejo Mulín, ella me pedía que esperara un
momento en el sendero, entraba y cruzaba el patio
para hablar con su padre. Pero el viejo, en cuanto la
veía venir, se levantaba, se metía en la casa y cerraba
la puerta con llave. A partir del momento en que la
hija había tomado los hábitos ya no quiso verla.
Desde el interior de la casa comenzaba a gritarle que
se fuera. Después, cuando Emilia finalmente decidía
marcharse, salía, llegaba hasta el sendero y la insultaba:

—Puta, sos una puta.

Nos alejábamos con paso rápido, perseguidas por
aquella voz que sonaba furiosa y dolorida. Emilia,
con las manos sobre el crucifijo, los labios moviéndose nerviosamente en alguna plegaria, las alas
almidonadas de su capelón subiendo y bajando. Yo,
trotando a su lado, sin atreverme a mirarla, sin
entender. En alguna ventana de la casa de la señora
Rosa se asomaba una mujer para disfrutar del es-
pectáculo. Mi madre y mi abuela Antonietta sabían
que llegábamos por los gritos del Mulín.

En uno de aquellos inviernos, el viejo eligió un
amanecer de mucha neblina, cruzó el puente y fue a
sentarse sobre las vías del trencito que pasaba del
otro lado del río San Giovanni. Tenía los bolsillos
llenos de pedazos de pan duro y mientras esperaba
se puso a comer. Lo rescataron unos muchachos que
andaban por ahí y lo llevaron de vuelta. No mucho

después −ocurrió antes de que yo volviera a casa− el
Mulín intentó matarse de nuevo abriéndose la garganta con una cuchilla de cocina. Herido, salió de la
casa y encaró por el sendero hacia la calle ancha,
hasta que se cayó. Pero no murió. Entonces lo internaron en un hospicio.

Las monjas no me trataban mal, el lugar era
agradable, con un gran patio, una fuente, un jardín
lleno de frutales. Yo no era realmente una interna,
por lo tanto no participaba, con las demás chicas, de
todas las actividades. Solían mandarme a dormir la
siesta a una habitación donde había bancos como en
las aulas, aunque en realidad la usaban para alma-
cenar manzanas. Me quedaba ahí, en la penumbra y
el silencio, pensando en mi casa. A veces lograba
dormir un poco, sentada, los brazos cruzados sobre
el banco y la cabeza sobre los brazos. Me despertaba
atolondrada, con la boca seca, preguntándome cuánto
tiempo habría pasado y si se habrían olvidado de mí.
Miraba las paredes, la luz que se filtraba por debajo
de la puerta, esperaba que vinieran a buscarme. Una
tarde, seguramente más por aburrimiento que por
hambre, me puse a mordisquear una manzana. Se
abrió la puerta y oculté la mano detrás de la espalda.
Entró una chica mayor que yo, me vio tragar y
preguntó:

−¿Qué estás comiendo?

No contesté. Me agarró del brazo y me obligó a
mostrarle lo que escondía. Salió corriendo y le avisó
a una monja. No me castigaron, pero al día siguiente
me llevaron delante del padre Fantín, un cura sale-
siano que venía a celebrar misa todas las mañanas,
y le contaron que había estado comiendo manzanas
a escondidas. El cura me dio un sermón, me dijo que
pidiese perdón a Dios y prometiera que nunca más

volvería a hacerlo. Me hizo sentir como si hubiese cometido un gran pecado. En voz alta, pedí perdón y prometí.

Estuve ahí un tiempo, no sé cuánto, algunos meses.

Hasta que una mañana temprano vino a buscarme mi abuela Antonietta acompañada por una señora a quien no conocía. Me dijeron que iría a vivir a otro lado, a un lugar que me gustaría. Tomé mis cosas, fuimos a casa y una vez más me despedí de mi madre. Desde la cama estiró la mano y sin hablar me acarició largo rato la cabeza. Sólo dijo:

–Portate bien.

Mi abuela y la desconocida esperaban en silencio, paradas detrás de mí. Me pareció que mi madre estaba más pálida y más delgada que nunca. Ya no volvería a verla hasta terminada la guerra.

Me llevaron a una villa donde había otros chicos, cerca de un pueblito de nombre Antolina, montaña arriba. Se veía todo el lago. Había una especie de palacio en el centro del parque, rodeado de estatuas, al que, después de cruzar el portón de entrada, se llegaba por un largo camino donde a veces se desplazaba un auto. Creo que ése fue el primer auto que vi en mi vida.

De todos modos, nosotros no usábamos el acceso principal, ni teníamos permiso para acercarnos al palacio. Vaya a saber de quién sería aquella propiedad. Entrábamos y salíamos por un portón lateral y vivíamos en una construcción con muchos dormitorios, una cocina y un gran comedor. Probablemente fuese la vivienda de la servidumbre. Al lugar lo llamaban Nido de los Niños. Éramos todos chicos cuyos padres habían sido enviados a la guerra. Los sábados nos bañaban. En el Nido de los Niños no sólo descubrí el primer auto, sino también la primera bañera. Nos alimentaban y nos vestían bien (a las chicas nos colocaban grandes moños en la cabeza, rosados y celestes). Nos trataban como a hijos de ricos. La directora era una buena mujer, nos cuidaba, nos protegía, nos decía:

—Mis pollitos.

De tanto en tanto, mi abuela Antonietta venía a visitarme. Tenía asma, pero igual se llegaba hasta arriba y pasábamos la tarde juntas. Le preguntaba por mi madre y me aseguraba que estaba mejorando. Me leía algunas cartas que había enviado mi padre. Todas las veces le pedía que me llevara de vuelta a casa. Ella me calmaba, me hablaba largamente, me decía que sí, que sí, que pronto, muy pronto terminaría la guerra y yo podría volver. Se iba temprano para que no la sorprendiera la noche en el camino. Nos despedíamos en el portón de hierro y me quedaba parada mirándola alejarse, esperando que se diera vuelta para saludarla con la mano.

Pese a la buena atención, pese a la directora, no me resignaba. Desde allá arriba se veía casi todo Trani, menos la zona donde estaba nuestra casa, oculta por una ladera empinada cubierta de pinos. Había planeado escapar, pero no para volver a casa, sino para trepar hacia la cima de la montaña por un sendero que había descubierto en una de nuestras salidas. Mi propósito era subir hasta un punto desde donde pudiese superar aquella barrera de pinos. Quería, aunque fuese de lejos, volver a ver el techo de tejas y el patio.

No tuve oportunidad de realizar aquella escapada. Un día nos avisaron que nos trasladarían a otro lugar. Juntamos nuestras cosas, bajamos hasta el lago, subimos a una lancha y cruzamos a la orilla de enfrente. Nos acomodamos en un tren, partimos y después de viajar algunas horas paramos en una estación llamada Gavirate. Nos ordenamos en fila de a dos, nos pusimos en marcha, dejamos atrás las casas del pueblo y anduvimos por un camino de campo hasta un caserón mucho más grande que el anterior. Había chicas y chicos esperándonos en el patio. Estábamos en la llanura, las montañas se veían lejos. Me acuerdo de las plantaciones de remolachas alrededor. Tuvimos otra directora, pero el trato era más o menos el mismo. Nos daban clases, nos hacían jugar, nos decían que la guerra acabaría pronto y que nuestros padres volverían, que los soldados italianos estaban combatiendo valerosamente y que el enemigo retrocedía, nos enseñaban a querer al rey, nos contaban que la reina andaba en los hospitales uniformada de enfermera y que ella misma atendía a los heridos.

Y una mañana, a la hora del desayuno, nos anunciaron que la guerra efectivamente había terminado. Esa noche nos llevaron a pasear al pueblo. En las calles la gente festejaba y cantaba. Tocaba la banda y en el cielo estallaban los fuegos artificiales. Habían armado un gran muñeco de paja que representaba al emperador alemán Guillermo (Guglielmone, le decían) y le prendieron fuego. Todo el mundo bailaba alrededor y gritaba:

—Muerte a Guglielmone.

También nosotros nos tomamos de las manos e hicimos una gran ronda alrededor de la hoguera. Yo estaba deslumbrada por el resplandor de las llamas y la alegría general. Me parecía que ahí, en el centro de esa plaza, se estaban quemando definitivamente todos los males, las desgracias y las separaciones, y que a partir de ese momento comenzaba una etapa nueva y feliz.

Pasó la euforia de esa noche y comenzaron a pasar los días. Aunque no hablábamos de eso, creo que todos los chicos albergábamos secretamente el mismo temor: que nuestros padres no volviesen. De tanto en tanto veíamos partir a alguna compañera o compañero y entonces la inquietud aumentaba. Hasta que una tarde me llamó la directora, me llevó al salón comedor y ahí estaba mi padre, parado en el centro, grave, serio como siempre. Corrí a abrazarlo, me alzó y cuando me bajó corrí a abrazar también a la directora. Estaba agradecida y no sabía cómo expresarlo. Hubiese querido abrazar a todo el mundo.

Tomamos el tren, después el trasbordador y regresamos a casa. De ese viaje en tren recuerdo el brazo de mi padre abandonado sobre mis hombros. Era un peso que me agobiaba, me aplastaba, pero al mismo tiempo era un peso dulce.

Volví a ver a mi madre después de casi dos años. Durante un tiempo, a la noche, recibíamos visitas de parientes que venían a saludar a mi padre y escucharlo contar sus experiencias en aquella fábrica que había sido bombardeada varias veces. Y también historias del frente, las trincheras, el barro, los muertos. Después, en mi casa todo volvió a ser más o menos como antes y yo hacía lo que podía por ayudar.

SEIS

MI PADRE NO SE METÍA EN POLÍTICA, aunque tenía sus
ideas: afirmaba ser socialista. Todos sus amigos eran
socialistas. Eso no le impedía ser católico. Decía que
la túnica de Jesús era roja, igual que la bandera
socialista. Los domingos iba a la primera misa, a las
cuatro de la mañana. Nos sacaba de la cama, a mi
hermano y a mí, tironeándonos de una pierna y nos
llevaba con él. Yo lloraba, tenía sueño, no quería
levantarme. Mi padre me ayudaba a vestirme, me
alzaba, me envolvía con su capa y salíamos al frío y
a la noche.

El domingo era su día libre, pero apenas volvíamos se ponía a trabajar y no paraba más que un rato
para almorzar (era también el único día en que leía
el diario). Arreglaba y estañaba ollas de cobre, fabricaba cocinas económicas por encargo, hacía de
todo un poco. Había construido un tallercito de
madera, a un costado de la casa. Prendía el carbón
y nosotros lo ayudábamos con el fuelle de la fragua.
Lo mirábamos forjar el metal en silencio, deslum-
brados por el chisporroteo del fuego y por la habi-

lidad y la rapidez con que trabajaba. A las cinco de
la tarde se cambiaba y partía hacia la hostería a jugar
su partida de bochas. Ésa era, una vez a la semana,
su única diversión.

Por las noches, después de la fábrica y la cena,
solía verlo sentado a la mesa, alumbrándose con el
farol a petróleo, inclinado sobre una hoja de papel o
un cuaderno, dibujando algo que pensaba fabricar.
Pasaba a su lado en silencio, no me animaba a
hablarle. A tal punto nos intimidaba que cuando él
aparecía, mi hermano y yo callábamos. Raramente
me atrevía a pedirle algo. Siempre lo hacía a través
de mi madre. Mi padre le contestaba:

—Que venga ella. ¿Por qué no viene ella a pedírmelo?

Así lo recuerdo, permanentemente serio, pensativo. Y haciendo cosas. No necesitaba hablar, su
presencia y su mirada bastaban. Sentíamos que nos
quería y que no había encontrado mejor forma para
expresarlo. De todos modos, por lo menos para mí,
su silencio y su conducta eran una guía que me iba
moldeando. Con él aprendía fundamentalmente lo
que debía evitarse, lo que no debía hacerse. Eso me
bastó para ir abriéndome camino, para tomar después mis propias decisiones. Lo cierto es que a su
lado, todos, chicos y mayores, parecíamos débiles o
indecisos. Era como si en mi padre no existieran
dudas, como si hubiese una dirección y una elección
muy precisas en su vida. En realidad, es probable
que ni siquiera él supiese cuáles eran esa dirección
y esa elección. Si tratara de resumir la actitud de mi
padre sólo me atrevería a decir que pretendía establecer un orden. Y quizás, así como carecía de palabras, no tuviera grandes ideas ni grandes ilusiones, sólo voluntad y una oscura, primitiva disciplina
puesta al servicio de ese orden. Seguramente sabía

cosas que ignoraba saber. Cosas que venían de lejos
y marcaban sus pasos y determinaciones. Tal vez
intuyera, confusamente, que lo más importante era
mantenerse fiel a ciertas normas que había elegido o
heredado. Pero debió tener clara conciencia de que
era el eje de algo —ese núcleo que formábamos mi
madre, mi hermano, yo, la casa— y que en eso residía
no sólo su responsabilidad, sino también su fuerza.
Sé, porque lo vi, que no sucumbía ante la adversidad
ni se ablandaba cuando todo parecía volverse fácil.
Era severo, medido y probablemente, a su manera,
sabio.

Supe que se había escapado de su casa antes de
cumplir los quince, para cruzar la frontera, pasar a
Francia y trabajar en una fábrica, en una ciudad
llamada Besançon. Durante algunos años había recorrido un poco de aquel país, empleándose acá y
allá, antes de volver al pueblo. Había una foto suya
de aquella época. Era un muchacho, pero parecía un
hombre hecho: sombrero, bigote, chaleco, cigarro
entre los dedos. Casi todo lo que ganaba se lo
enviaba a la madre para que sostuviera a la familia.
Tenía cuatro hermanos, tres mujeres y un varón.

Aunque nunca había dejado de ayudarla, mi padre
no se llevaba bien con su madre, la abuela Agata.
Tampoco yo. No nos queríamos. Creo que ella no
quería a nadie. Criticaba todo, protestaba por todo,
veía maldades y enemigos por todas partes. Cuando
iba a visitarla se la pasaba reprendiéndome. No
podía cortar una flor, no podía tocar esto, no podía
tocar lo otro. La abuela Agata vivía del otro lado del
río San Giorgio, en una casa curiosa. Tenía tres
pisos, con una sola pieza por piso, una arriba de la
otra, como una torre, y la escalera por afuera. Abajo
estaba la cocina. Era terreno montañoso y había poco

espacio. Se llegaba por un sendero estrecho que subía desde el puente, zigzagueando entre las moreras. Cuando el río crecía y desbordaba, el agua cubría sendero y arbustos y lamía los escalones de la puerta de entrada. Pero había una salida por arriba. Porque la casa estaba apoyada contra una pared rocosa que solamente llegaba hasta la altura del segundo piso. La última pieza tenía una puerta hacia atrás y por allí se salía a un terrenito donde plantaban hortalizas.

Cuando terminó la guerra, mi padre me llevó a ver a la abuela Agata y me pasé la tarde sentada en una silla, sin moverme, mientras los mayores hablaban. Después, él volvió a su trabajo en la fábrica y yo solamente veía aquella casa cuando pasaba cerca del río. Una de mis tías estaba siempre en la puerta, tejiendo.

SIETE

Mɪ ʜᴇʀᴍᴀɴᴏ ᴄᴏɴᴄᴜʀʀíᴀ ᴀ ʟᴀ ᴇsᴄᴜᴇʟᴀ y yo pasaba mucho tiempo sola, rondando por la casa silenciosa, que sólo se animaba cuando recibíamos la visita de algún pariente y especialmente de mi abuela Antonietta.

Solía escaparme para ir a jugar con otras chicas que vivían cerca. Entonces mi madre me llamaba. Lo que no había perdido era la voz. Pegaba unos gritos que se oían desde el fondo del terreno:

—Agata.

Regresaba corriendo y ella, desde la cama, me soltaba una cachetada:

—¿Dónde estuviste?

No quería que me alejara de la casa, temía que me pasara algo. Me ordenaba que hiciera esto y lo otro:

—Andá a juntar los huevos en el gallinero.

A veces volvía y le decía:

—Hoy no pusieron.

Lo cierto es que, después de juntarlos, los iba agujereando y me los sorbía uno por uno, sentada sobre un cajón, entre las gallinas. Muy a menudo aparecía con las manos vacías.

–¿Cómo puede ser? –decía ella–. Voy a levantarme para ver qué está pasando allá.

Pero yo sabía que no se levantaría.

En aquellos días soñaba con tener una muñeca de verdad. Mientras tanto me fabricaba mis propias muñecas con trapos viejos. Primero armaba la cabeza, después el tronco, los brazos y las piernas. Los rellenaba con pasto seco y los cosía para cerrarlos. Unía las partes y por último pintaba los ojos, la nariz y la boca. Cuando una se rompía, me ponía a fabricar otra. Trataba de embellecerlas adornándolas y enriqueciendo sus ropas con tiras de papel de colores vivos. Y seguía pensando en una muñeca de verdad.

Cada lunes me tocaba cepillar el traje que mi padre se ponía el domingo para ir a la hostería a jugar su partida de bochas. Era una tarea ardua, llevaba tiempo. Me instalaba afuera, en el patio, al sol, colgaba la percha de un alambre y trabajaba con energía, girando alrededor, subiendo a una silla cuando era necesario, mientras mi madre me dirigía desde adentro. Un día, revisando los bolsillos, encontré cinco liras y me las guardé. Tuve que ir al pueblo a buscar pan y aproveché para comprar una muñeca. Tenía pelo rojizo y ojos azules. La llamé Teresina. La llevé a casa y la oculté en un mueble, detrás de unas cajas.

Jugaba durante el día, cuando no había nadie. Elegía lugares escondidos, rincones en sombra, el interior de una mata de arbustos, un refugio cavado dentro de una parva de pasto seco. Pero no era solamente para ocultarme de mi mamá, mi hermano o mi abuela. En ese juego, en esa actividad furtiva, sin saberlo, tal vez estuviese buscando por primera vez un espacio únicamente mío. Alrededor, en la casa, en el terreno, en los bosques, en los días y en las noches, había un mundo vasto, lleno de cosas vivas, muchas de ellas apenas entrevistas. Había pájaros, grillos, lagartijas, luciérnagas, liebres, ardillas (una vez descubrí un puercoespín con sus crías). Pero lo que tocaba mi imaginación no era lo evidente, sino lo que permanecía oculto: los nidos, las cuevas entre las raíces de los árboles, las hendiduras en las rocas. Desde mi propio escondite me sentía en complicidad con aquellos otros sitios, con sus intimidades y secretos. Y hablaba, hablaba durante horas con mi muñeca. Ella era mi aliada en la aventura, pero también una especie de talismán, una puerta de acceso, un espejo en cuyas profundidades podía espiar y abandonarme. Era como si esos discursos míos, cargados de delirio e intuiciones infantiles, vinieran de ella, y lo único que yo hiciera era devolvérselos traducidos en palabras. Y, al ser pronunciadas, las palabras tomaran cuerpo, se impusieran, entraran a formar parte de mi experiencia, enriqueciéndome, fortaleciéndome, aportándome una solitaria y misteriosa felicidad.

Pasado un tiempo mi papá se acordó de las cinco liras y se descubrió el hurto. Me castigaron y me quitaron a Teresina. Todos los días le pedía a mi mamá que me la diera. Pero no había caso. Hasta que, pasadas unas semanas, me llamó junto a la cama.

—Por esta vez estás perdonada, andá a buscarla.

Y me indicó dónde la habían guardado.

Entonces ocurrió lo que para mí significó una gran desgracia. Jugando, le metí un dedo en un ojo y se lo hundí. Nuevamente volví a ocultar a Teresina por temor a la reacción de mi padre. Mi madre, extrañada, preguntaba:

—¿Dónde está la muñeca?

Yo mentía, simulaba, trataba de ganar tiempo, cambiaba de conversación, me iba. Aquel ojo hundido fue una de mis mayores penas de entonces, vivía amargada, no pensaba en otra cosa.

En aquel mundo que me rodeaba, en todo lo que rondaba afuera, también estaba el miedo. Temía la oscuridad. No bien comenzaba a anochecer me metía en la casa, espiaba hacia el patio a través del vidrio de la ventana y ya no cruzaba la puerta si no me acompañaban. Solía despertarme durante la noche, creía oír gritos, me tapaba la cabeza con la manta y rogaba que amaneciese pronto. Hasta que, en cierta oportunidad, el miedo vino a buscarme de día. Entonces supe que también la luz albergaba sus amenazas. Estaba, como tantas veces, en el fondo del terreno, parada contra el alambrado, mirando, más allá del estrecho camino de tierra, el pedazo de campo que se extendía bajando hacia el río y donde, aseguraban los cazadores, había liebres. Apareció un caballo y dos hombres persiguiéndolo y tratando de atraparlo. El caballo giró, se encontró con uno de los hombres, lo derribó y huyó lanzando las patas traseras al aire. Galopó directamente hacia donde yo estaba y llegó hasta el cerco. Vi sus grandes ojos que me miraban y pensé que saltaría hacia mí. En ese momento un golpe de viento sacudió las ramas del nogal, hubo un gran crujido arriba y cayeron algunas nueces. Una nube tapó el sol y una mancha de sombra cubrió la tierra. El caballo seguía mirándome. Sentí terror y frío. No podía desprenderme del alambrado. Oí la voz de mi madre reclamándome y ese llamado fue como un conjuro que logró despertarme y arrancarme de la inmovilidad. Corrí por el sendero, huyendo del caballo, del viento y de la sombra.

Alcancé la casa, entré, cerré la puerta y eché llave.

Después llegó una época en que mi mamá empeoró aun más. Había pasado nueve años postrada en la cama.

En las últimas semanas, además de mi abuela Antonietta y mi madrina, Elsa Chiaramonti, venía a ayudarnos una hermanastra de mi abuelo Carlo, a la que llamábamos la tía Babá. Era una viejita muy dulce, que vivía en el pueblo, tenía un negocito y vendía frutas, algunas verduras. Cuando pasaba por ahí me llamaba y me regalaba dos o tres castañas asadas, una manzana. Estaba conmigo el día del entierro. Camino al cementerio, yo no paraba de llorar y ella me decía todo el tiempo:

—Llorá, llorá, Agata, desahogate.

Era carnaval y andaban las mascaritas por la calle.

OCHO

IGNORO CUÁNTO TIEMPO PASÓ DESDE LA MUERTE DE MI MADRE
hasta que volví a preparar mis cosas para dejar una
vez más la casa. Quizá solamente semanas, quizá
algunos meses. Pero aquella etapa fue como un pozo
de oscuridad donde la gran presencia volvió a ser,
renovado, agigantado, el miedo. Miedo a la oscuridad,
a los ruidos nocturnos, a lo desconocido. Al diablo
le decíamos Ciapín. Cuando estaba sola y afuera so-
plaba el viento, oía voces que me susurraban: "Que
te lleva, que te lleva". Mi infancia estaba llena de
historias extrañas, narradas por las abuelas, por las
tías.

La señora Rosa, nuestra vecina de la casa grande,
solía venir a hacerme compañía antes de que mi
mamá muriera y también después. Me contaba de
fantasmas y aparecidos y cosas raras que solían
pasarle a la gente que andaba sola de noche cerca de
los cementerios. Su padre, para regresar a casa,
debía cruzar delante de uno. Cuando se acercaba
sentía que comenzaba a pesarle un bolsillo de la
chaqueta, como si algo se hubiera instalado ahí. No

47

se animaba a meter la mano. En cuanto dejaba atrás el cementerio, el bolsillo súbitamente se le aliviaba. Entonces veía un cachorro negro que se alejaba corriendo. Todas las noches le pasaba lo mismo.

También mi abuela Antonietta tenía sus historias. Me contaba que cuando era chica, para el día de los muertos, se acostumbraba colocar una olla con agua en la cocina porque los difuntos venían durante la noche y bebían. Su padre les recomendaba, a ella y a sus hermanos, que no dejaran de hacerlo. Cierta vez se olvidaron. Estaban durmiendo y los despertó un gran ruido. Todas las cacerolas colgadas en la cocina bailaban y chocaban entre sí y contra las paredes. También el padre se despertó y preguntó:

—¿Se acordaron de dejar el agua para los muertos?

Tuvieron que confesar que no.

—Les avisé —dijo él—, ahora no podrán dormir en toda la noche.

Bajando hacia el río San Giorgio, pasado el bosque de encinas, lo primero que se veía era el alto barranco de la orilla de enfrente. En ese lugar, mucho antes de que yo naciera, se había suicidado una muchacha al enterarse de que su hombre se casaría con otra. Desde allá arriba lo había maldecido, prometiéndole que regresaría para vengarse. Contaban que al arrojarse a la corriente gritó, y los testigos —el hombre que la había abandonado inclusive— nunca pudieron olvidar ese alarido. El hombre se casó y de aquel matrimonio nació un varón. El chico parecía sano y se alimentaba normalmente, pero comenzó a perder peso y estaba cada vez más débil. Los médicos no lograban descubrir la causa. Los padres acudieron a una adivina, famosa en la zona. La mujer preguntó si durante la noche dejaban la ventana del dormitorio abierta. Le contestaron que sí.

–Algo entra por la ventana –dijo ella–. No la cierren, vigilen, es necesario averiguar qué es.

Los padres montaron guardia. Debido a la oscuridad sólo descubrieron a la víbora cuando ya estaba sobre la cuna, y no se atrevieron a intervenir. La víbora introdujo la cola en la garganta de la criatura, la obligó a vomitar, sorbió la leche y se marchó por donde había venido. A la noche siguiente, el hombre la esperó oculto cerca de la ventana. La vio aparecer, cruzando el patio bajo la luna, y le disparó dos escopetazos. La víbora dio un gran grito y el grito era el mismo que aquella muchacha había lanzado al saltar al río.

Fue en las semanas que siguieron a la muerte de mi madre cuando mi hermano creyó verla. En casa todavía no teníamos agua. Había que ir a buscarla con baldes hasta un manantial, junto a un grupito de casas, subiendo unos doscientos metros hacia Tersaso, el pueblo donde vivía mi madrina Elsa. Los baldes eran demasiado pesados para mí, así que de esa tarea se encargaba mi hermano, cuando regresaba de la fábrica en la que había comenzado a trabajar. A esa hora ya estaba oscuro. Una noche, mientras volvía, vio a una mujer arrodillada junto al camino. Dejó los baldes en el suelo, se acercó un poco y descubrió que era mi mamá. En la cabeza tenía el pañuelo que siempre usaba. Mi hermano la llamó:

–Mamá.

La figura no se movió, parecía rezar. Volvió a llamarla:

–Mamá.

Entonces ella levantó la cabeza y lo miró. Pese a la oscuridad pudo ver nítidamente los ojos y la cara de mi madre. Asustado, no se atrevió a acercarse más. Al contrario, fue retrocediendo hasta donde estaban los baldes. Y de pronto aquella figura desapareció. Cuando llegó a casa estaba como loco.

—Vi a mamá, vi a mamá —repetía.

Mi padre trataba de calmarlo y explicarle que no podía ser. Pero él insistía que era cierto. Pasó el tiempo y siguió convencido de que la había visto. Y ya no quiso ir de noche al manantial.

A algunos kilómetros del pueblo, en el lago, no lejos de la costa, había un islote rocoso sobre el que se erguía una especie de fortaleza. Yo la había visto algunas veces y siempre me impresionaba esa mole oscura, las pequeñas ventanas, los muros semiderruidos. Contaban que en un tiempo había sido el refugio de una banda de asaltantes y asesinos. Los jefes eran dos hermanos. Uno de ellos, al que las historias describían como joven y apuesto, se había enamorado de la hija de un hombre rico, un terrateniente de la zona. La muchacha le correspondía y se veían en secreto. Hasta que ella se enteró de las actividades de su amante. Entonces escapó y se recluyó en un convento. El bandido averiguó dónde estaba y disfrazado de fraile consiguió que le franquearan la entrada. La raptó, la apuñaló y tiró el cuerpo al lago. Posteriormente la fortaleza fue incendiada y los asaltantes muertos. Eso había ocurrido hacía mucho, pero los pescadores que pasaban cerca del islote, cuando regresaban a puerto en las noches de luna, aseguraban que solían ver la figura de una muchacha paseándose por las rocas y tocándose con una mano el lugar donde había recibido la puñalada mortal.

Para mí esas historias eran reales. Era como si todos aquellos fantasmas me buscaran y conocieran mi nombre. Cada noche, antes de acostarme, miraba debajo de la cama. "Que te lleva, que te lleva", susurraban las voces en el viento. El miedo fue una compañía constante en aquellos años. Todo estaba teñido por su sombra. No había palabras o presencias que pudieran ayudarme. Ni las de mi·padre, mi abuela o mi madrina. El miedo era una carga pesada y secreta. Frente a él estaba sola. Y aun después, al pasar el tiempo, cuando fui creciendo, esas inquietudes primeras, esas amenazas —cambiadas, transformadas, disfrazadas— siguieron perturbándome como entonces.

NUEVE

FALLECIDA MI MADRE, mi padre se vio obligado a pen sar en otro orfanato. El de las monjas (donde estaba Emilia, la hija del Mulín) quedó descartado porque ya no se trataba de una internación provisoria y por lo tanto era necesario pagar. Mi madrina Elsa, con una recomendación de cierta señora para la cual cosía, visitó al párroco y le planteó el problema. El párroco conocía al director del orfanato de Verbano —un pueblo que quedaba a algunos kilómetros y al que se llegaba bordeando la costa del lago— y prometió exponerle mi caso. Una semana después hubo otra entrevista y en esa oportunidad Elsa me llevó con ella. Escuchando la conversación me enteré de que el orfanato de Verbano era gratuito, pero para que me aceptaran mi padre debía comprometerse a dejarme internada hasta los dieciocho años. No sé si yo tenía conciencia de lo que significaban los nueve años que me separaban de esa edad. Pero la cifra me asustó. Los que siguieron fueron días de zozobra. Todas las noches esperaba que me dieran la mala noticia y si transcurría la cena sin novedades me iba a dormir aliviada. Hasta que mi madrina vino a visitarnos, se sentó con mi padre y hablaron largo. Entonces, aun antes de que me llamaran, supe que mi partida había sido decidida. Fue mi padre, parco como siempre, el que habló: el domingo siguiente me llevaría a Verbano. Inmediatamente recordé la charla con el párroco y me atreví a preguntar:

—¿Hasta cuándo?

Elsa se apresuró a tranquilizarme:

—Un tiempo, hasta que encontremos otra solución, eso de los dieciocho años se podrá arreglar, ya veremos cuando llegue el momento.

El domingo, mi padre me llevó a Verbano al atardecer. Me despedí de él en un largo salón vacío, bajo las miradas de un Cristo crucificado, de un par de santos y de una mujer que tenía bigote y se mantenía a distancia. Cuando mi padre se fue, aquella puerta, al cerrarse, sonó como un campanazo que anunciara una desgracia. Se me hizo un nudo en la garganta, pero no lloré. Perdida en el silencio que siguió, sentí que a partir de ese momento nada valía la pena ya, ni siquiera llorar. Sentí que hubiese podido quedarme ahí para siempre, quieta, atrapada en la luz de los ventanales, mirando las grandes baldosas del piso, como si fuese una figura de yeso más. No estaba triste, ni dolorida, sino vacía. La mujer se acercó y me dijo:

—Vamos.

La seguí. Me guió hasta los dormitorios, me señaló mi cama y me dio algunas instrucciones. Se mantuvo cerca, sin intervenir, esperando que terminara de acomodar mis pocas cosas. Después, me precedió por un pasillo en penumbra y me llevó al comedor. Cuando entramos, las chicas estaban rezando y algunas cabezas giraron para mirarme. Ocupé un sitio en una de las largas mesas. Cenamos.

Nadie me habló y me limité a imitar a las demás.

Por la noche, aquel sentimiento de vacío e indiferencia que me asaltara después de la despedida había desaparecido, y lloré sobre la almohada. Así empezó mi estadía en el orfanato de Verbano. Al llegar llevaba un vestido corto y lo primero que hicieron fue coserle un pedazo de tela abajo y alargarlo hasta los pies. Yo estaba desesperada.

El director resultó ser un cura gordo que nos sermoneaba continuamente y me intimidaba. A veces se volvía más locuaz que otras, se le cambiaba la voz, el sermón no terminaba nunca. Algunas chicas, sonriendo, murmuraban que era a causa del vino de misa. El personal era laico, todas mujeres. Nos daban clases ahí mismo, así que casi nunca traspasábamos el gran portón de hierro de la entrada. Muy de tanto en tanto, algunos domingos, nos sacaban a caminar por el pueblo. O, cuando moría algún rico, asistíamos al entierro. Creo que las familias pagaban o hacían donaciones al orfanato para que nos llevaran. En esas oportunidades nos permitían vestir unos uniformes más o menos decentes. Nunca llegábamos hasta el cementerio, seguíamos el cortejo durante un trecho, detrás de la banda que tocaba la marcha fúnebre, y regresábamos. Entonces nos daban algunas castañas y sabíamos que era un regalo de los familiares del difunto. A esos entierros solía ir también gente pobre y los ancianos del hospicio. Después, a todos, les regalaban un puñado de sal.

El orfanato tenía un gran parque, con frutales, almácigos, gallinas, patos, pavos, cabras, ovejas y una vaca. Todo lo que ahí se obtenía seguramente lo comercializaban porque a nosotras nos alimentaban con sobras. Por la mañana, como desayuno, restos de pan duro ablandados en agua caliente y rociados

54

con un chorrito de aceite. Nos lo servían en unas cazuelas de estaño deformadas por las abolladuras. Era una fiesta cuando de casualidad, mezclado con el pan, nos tocaba algún pedazo de bizcocho. Al mediodía, un poco de arroz hervido o una sopa. A la noche, algunas papas y a veces un huevo, pero no de los comunes, sino de gallinas pigmeas. Fideos, muy pocas veces. Carne, nunca. A menudo me acordaba del otro orfanato donde nos alimentaban bien y nos daban bonitos uniformes.

Todas las mañanas nos levantábamos a las seis para asistir a misa. Después concurríamos a clase y el resto del día teníamos que trabajar. Las mayores bordaban y tejían. Sabíamos que el orfanato vendía esa producción afuera. A las más chicas nos hacían arrancar yuyos, juntar ramas secas, cuidar los animales, acarrear baldes de agua, apilar el heno. Una vez enfermé a causa del polvillo del heno. Pero lo peor era cuando me mandaban a cuidar que la vaca, mientras pastaba, no se pasara a la parte sembrada. Le tenía miedo.

El último domingo del mes era día de visita. Un gran día. Venían mi padre y mi madrina Elsa. Jamás faltaban, lloviese o nevara. Siempre me traían algún paquete con golosinas. La encargada las requisaba inmediatamente, las guardaba y después me las iba dando de a poco. Ni siquiera con mi padre podía cruzar aquel portón para pasear un rato. Si enfermaba algún familiar, únicamente nos permitían visitarlo con el control de personal del orfanato. Durante aquellos primeros meses mi abuelo Carlo se puso mal y pidió verme porque sentía que se estaba muriendo. Vino mi padre a buscarme, pero no me dejaron ir con él. Dos empleadas del orfanato me llevaron hasta Trani y, mientras yo subía a ver a mi abuelo, ellas se quedaron abajo, en la puerta de calle, como dos policías, esperándome.

Al colegio del orfanato concurrían también alumnas externas. Terminada la clase regresaban a sus hogares. En lo único que yo pensaba era en escapar. Cierta tarde le dije a una de las externas con la que compartía el banco:

—Hoy, cuando salgan, me voy con vos.

Llegada la hora, me puse en la fila, a su lado, sin que la maestra lo advirtiera. Salimos, se cerró el portón y mi compañera me indicó el camino para ir a Trani. Tomé por una callejuela de tierra, entre muros y jardines, bajé por una escalinata de piedra y llegué hasta el lago. Sabía que a partir de ahí sólo era cuestión de seguir la costa. Corrí y corrí. De tanto en tanto pasaba junto a algún pescador. Vi un bote en la orilla y a dos hombres que descargaban el cuerpo de un ahogado. El cuerpo estaba desnudo y rojo, como si la sangre hubiese aflorado cubriéndole la piel. Pensé en mi padre. Mientras seguía, una voz en mí preguntaba: "¿Y si fuese mi papá?" Sabía que era imposible, me decía que a·esa hora mi padre estaba en la fábrica. Además, aun a la distancia, lo que había podido ver de aquel cuerpo me bastaba. Sin embargo, pese a esas seguridades, durante el resto del trayecto, a la desesperación de la huida se sumó una nueva amenaza y la angustiosa necesidad de ver a mi padre vivo. Avanzaba y alrededor el paisaje era siempre igual: montañas, lago, cielo. La luz me cegaba y me atontaba. Era como estar apresada dentro de una fotografía o en un sueño. Por fin, al superar un gran árbol cuyas ramas se proyectaban hacia el agua y cubrían el camino, avisté el campanario de la iglesia y poco después el puente sobre el San Giorgio. Decidí que tomaría por la calle que bordeaba el río y luego cortaría camino a través del campo que comenzaba detrás del cementerio. Todavía no sabía si iría a la fábrica donde trabajaba mi padre, a la casa de mi madrina o a la de mi abuela Antonietta. Pero no alcancé a cruzar. En la mitad del puente me detuvo un carabinero. Me preguntó cómo me llamaba, adónde iba, si venía del orfanato de Verbano. Comprendí inmediatamente que en el orfanato habían descubierto mi huida y habían avisado a la policía. No sabía qué contestar, además estaba sin aire, no conseguía pronunciar palabra. El carabinero era amable. Mientras seguía el interrogatorio llegó una de las maestras, corriendo también, jadeaba. Entonces empecé a llorar y a gritar que quería ver a mi papá. Después de algunas dudas decidieron llevarme hasta la fábrica. Lo llamaron y cuando lo vi aparecer lo abracé y le rogué que no me mandara de vuelta. Pero no sirvió de nada, media hora después estaba nuevamente en el orfanato. Recuerdo que al día siguiente me dolían mucho las piernas y casi no podía caminar.

DIEZ

YA NO HUBO INTENTOS DE FUGA. En cierto modo me
resigné. Un día era similar a otro día. Fueron pasando los meses. No teníamos vacaciones. Esperaba
con ansiedad los domingos de visita y esperaba algo
más, aunque no sabía qué. Ciertas mañanas, después de levantarme, durante la misa o en el aula de
clases, me decía que en realidad aún estaba soñando
y que más tarde despertaría. Luego, esa sensación
me acompañaba durante el resto de la jornada y,
como en los sueños, me mantenía alerta porque me
sentía amenazada. Fantaseaba que mi cuerpo –y otra
cosa que no era solamente mi cuerpo– podía llegar
a fragmentarse y dispersarse por el mundo. Manos,
brazos, piernas, cabeza, tronco, cada parte por su
lado, arrebatadas por el viento, llevadas a lugares
distantes. No sé dónde habían empezado esas ideas,
si en la vigilia o si realmente había estado teniendo
un sueño repetido cuyas imágenes se proyectaban y
se me imponían durante el día. También es posible
que hubiesen surgido del recuerdo de algún cuento
escuchado años antes y que ya había olvidado. Vaya
a saber si aquellas fantasías me producían realmente

angustia o si solamente se trataba de un juego alimentado deliberadamente para salvarme de la monotonía, para establecer distancia con las maestras, los trabajos, el encierro del orfanato. Pero lo cierto es que, juego deliberado o no, mi gran tarea de aquellos días, mi preocupación, consistía en protegerme, en permanecer atenta para que las partes de mi cuerpo no se disociaran y huyesen, en mantenerlas unidas hasta que llegara el momento de despertar o de que pudiese volver a mi casa.

Me hice amiga de una chica de mi edad que se llamaba Gabriella. Andábamos siempre juntas. Después se nos unió una tercera, Dina, que acababa de llegar al orfanato. La situación de Gabriella era similar a la mía. Dina no tenía ni padre ni madre. Creo que a partir de ahí, de la amistad con ellas, me olvidé de mi sueño y de las partes de mi cuerpo dispersas. Llegaron la Navidad y la nieve. Con las nevadas nos quedábamos adentro. Después del almuerzo las maestras se iban y nos dejaban solas. Permanecíamos en el salón, en un recreo más prolongado, hasta que nos llamaban para ayudar a las chicas mayores en sus tareas. Un día fuimos al baño las tres juntas. El baño era largo y angosto como un pasillo y al fondo había una ventana casi oculta detrás de una columna. La ventana daba a la parte posterior del edificio. La abrimos para ver cómo nevaba. Era una nevada tupida, mansa y sin viento.

–¿Y si salimos? –sugirió Gabriella.

Dina y yo la miramos, dudando. A cincuenta metros estaba la barraca donde se guardaba la leña.

–Vamos allá –insistió Gabriella.

Saltamos por la ventana y cruzamos corriendo. Entramos en la barraca. Había una gran pila de troncos cortados que ocupaba todo el lugar y llegaba

casi hasta el techo. Trepamos hasta la cima, bajamos
por el otro lado y nos ocultamos entre la leña y la
pared. Fuimos removiendo algunos troncos para
hacer un hueco y tener un espacio cómodo donde
ubicarnos. Nos acomodamos y nos quedamos un
rato sin hacer nada, sin hablar. Nos mirábamos y
reíamos, agitadas y felices. De vez en cuando nos
asomábamos y veíamos, a través del portón abierto
y los copos que caían, la mole del edificio. Era un
placer permanecer ahí y pensar que nadie sabía
dónde estábamos. Era como haberse escapado de
verdad. Gabriella, que era quién tomaba las decisiones, dijo:

—Regresemos antes de que se den cuenta.

Aquella aventura y aquel secreto nos unieron aun
más. Durante el resto de la tarde, al cruzarnos,
sonreíamos con complicidad. Al día siguiente, en la
mesa, Gabriella nos dijo:

—Guardemos algo de comida en los bolsillos, cuando
las maestras se vayan iremos a almorzar a la leñera.

Esperamos, fuimos al baño, trepamos a la ventana
y corrimos sobre la nieve. El pedazo de pan que
había llevado me pareció delicioso. Aquellas escapadas se fueron reiterando. Apareció un gato, que
seguramente andaba cazando pájaros bajo los ale-
ros, en las franjas de tierra que no habían sido
cubiertas por la nieve. Era dócil y suave, se instalaba
entre nosotras y se dejaba acariciar. Hacía mucho
frío y se nos congelaban las manos. Pero nos resis-
tíamos a regresar. A tal punto que un día nos
demoramos más de lo prudente y oímos, tenue, la
campana que adentro del edificio marcaba la finalización del recreo. Después del aviso había unos
minutos de tolerancia para que abandonásemos los
juegos y formáramos fila. Corrimos y llegamos a

tiempo. Habíamos aprendido algo: la campana se oía desde la leñera y podíamos quedarnos sin temor hasta último momento. Entrábamos al salón de a una para evitar sospechas. Nunca se nos ocurrió pensar que al regresar podríamos encontrarnos con alguien en el baño. Pero tuvimos suerte.

Aquél, pese a todo, fue un buen invierno y, cuando llegó la primavera y recomenzaron los trabajos en la quinta, las tres lo lamentamos. De haberlo querido, hubiésemos podido organizar alguna otra escapada a la leñera, pero sin la nieve afuera, sin el frío, ya no era lo mismo.

Ocurrió algo inesperado. Sabía que mi padre estaba agregando otra habitación a las tres existentes porque Elsa me lo contó en una de las visitas. En el orfanato, vaya a saber cómo, se enteraron de que poseía aquella casa. Lo mandaron llamar y le comunicaron que, siendo propietario, debía abonar una mensualidad. Mi padre aceptó pagar, pero argumentó que en ese caso me sacaría de ahí a la edad que él quisiera y no a los dieciocho años. El director no aceptó esa condición. Discutieron. Mi padre se puso firme e insistió:

—Pago y la saco cuando yo quiera o me la llevo ya.

No hubo acuerdo.

Me llamaron cuando estaba en clase, me hicieron juntar mis cosas y me dijeron:

—Está tu papá esperándote.

No me permitieron hablar con nadie. Así que me fui sin poder despedirme de Gabriella y Dina.

Mientras subíamos por la calle de tierra, desde lejos, volví a ver el nogal y después la casa que, efectivamente, ya tenía una habitación más. Había pasado dos años en aquel orfanato y acababa de cumplir los once.

ONCE

Cuando regresé de verbano me encontré con una casa vacía donde todo estaba a mi cargo: limpiar, lavar, cocinar. A mi padre y a mi hermano los veía fugazmente al mediodía, a la noche y los domingos. Al contrario del orfanato, donde nada dependía de mí y la única actitud posible era esperar y ser paciente, ahora debía enfrentarme con obstáculos concretos. Ponía empeño, me esforzaba, cometía errores. Pero estaba decidida a que se sintiera mi presencia e intuía que aun mis frecuentes torpezas eran un camino válido para recuperar el lugar, un llamado de alerta, una forma de decirles a aquellos dos hombres: "Atención, en esta casa también estoy yo". De todos modos, la imagen de aquel encierro pasado rondaba siempre, acechaba mis días y mis noches como un fantasma que hubiese conspirado demasiado tiempo y se resistiera a soltar su presa. Luchaba contra eso y tenía la impresión de que el reencuentro con mi casa únicamente se concretaría cuando lograra alejar definitivamente el peso de aquella sombra.

No era mucho lo que sabía hacer y me las arreglaba como podía. A veces me ayudaba Carlo, pero él tenía su trabajo en la fábrica. También mi abuela Antonietta solía aparecer de tanto en tanto para darme una mano. Mi papá era exigente con el orden y la limpieza. Al volver, por la noche, controlaba que las camas estuvieran prolijamente hechas, revisaba los rincones para comprobar si habían sido bien barridos. Cuando detectaba alguna falla me retaba:

—Seguro que estuviste jugando por ahí.

Muchas veces era cierto. Salía para hacer las compras, me entretenía en la calle con otras chicas, me dejaba arrastrar a los patios de sus casas y postergaba las tareas. También esas escapadas y esos olvidos formaban parte de mi nueva vida, de la libertad recuperada, de mi empeño por sacudirme de encima aquellos dos años.

Los lunes eran día de lavado. Juntaba la ropa de toda la semana y llenaba la canasta. Iba a un manantial al que llamábamos el Fontanín, de donde salía agua tibia en invierno y fresca en verano, en la mitad de la cuesta sobre el río San Giorgio. Al acercarse se oía el zambullido de las ranas. Me acompañaba la hija de unos vecinos, Luisa. Trabajábamos charlando y si el río había crecido y desbordado bajábamos hasta el agua para juntar las ramas que traía la corriente y quedaban atascadas en las rocas. Liábamos pequeños haces que luego acarreábamos hasta casa. A veces, cuando volvíamos ya estaba oscureciendo, había comenzado a helar y la ropa se endurecía mientras la tendíamos. En aquellos tiempos no planchaba, salvo, de tanto en tanto, el traje que mi papá usaba los domingos para salir.

Cocinaba y al principio solía suceder que se me quemara la comida. De todos modos casi siempre

era el mismo plato, un espeso minestrón con todo lo
que producía la huerta: papas, zapallos, chauchas,
repollos, porotos, zanahorias, acelgas. Así que me
puse experta rápidamente. Una gran olla de minestrón para el almuerzo y la cena. Lo acompañábamos
con pan y a veces con un pedazo de queso. El único
día en que comíamos carne era el domingo. Muy de
vez en cuando, durante la semana, preparábamos
fideos con tuco. Ñoquis, dos veces al año, para
Pascua y para el día posterior a Navidad: San Es-
teban.

Iba al colegio comunal, pero no regularmente porque
me faltaba tiempo. Era poco lo que aprendía y en
casa no había quién me ayudara. Recuerdo cierta
mañana de invierno. Había nevado y hacía mucho
frío. La cocina a leña estaba prendida y antes de salir
para la escuela puse los zapatos en el horno con la
intención de que se calentaran un poco. Los dejé
demasiado tiempo y se secaron. Cuando los saqué
estaban duros y retorcidos, ya no servían. No podía
moverme de casa porque eran los únicos que tenía.
Pensé en mi padre y en lo que me esperaba cuando
se enterara. Una de las habitaciones había sido al-
quilada al padrino de mi hermano, Battista, un buen
hombre. Esa mañana andaba por el terreno abriendo
huecos en la nieve y colocando tramperas para los
pájaros. Lo llamé a gritos desde la puerta y llorando
le conté. Dejó la jaula que traía en la mano, sacó un
pañuelo y me lo alcanzó para que me secara las
lágrimas.

—Calmate —dijo—, no es el fin del mundo, ya lo
arreglaremos, dejame a mí.

Prometió que a las doce, cuando mi padre viniese
a almorzar, le hablaría. Me pasé las horas asomada
a la ventana, mirando hacia el sendero donde la

nieve que seguía cayendo había cubierto las marcas de las pisadas. Poco antes del mediodía me escondí debajo de la cama. Oí a mi padre entrar y después a Battista explicándole. Mi padre se puso furioso. Arruinar un par de zapatos era grave. Preguntaba:

—¿Dónde está? ¿Dónde se metió?

Me llamaba:

—Agata, Agata.

Pero yo no salía. Desde mi escondite seguía los desplazamientos de aquellos cuatro pies, calculaba la distancia que me separaba de la ventana, el tiempo que tardaría en abrirla y me veía saltando por ahí y corriendo por el terreno, descalza sobre la nieve, mi padre atrás. Battista insistía:

—Es una criatura, no vas a castigarla por tan poca cosa.

Por fin logró calmarlo y entonces me asomé. Mi padre me miró y dijo solamente:

—Ah, estabas ahí.

No volvió a hablarme, comió y se fue. Esa noche regresó con otro par de zapatos y me los entregó sin hacer comentarios. Durante toda la tarde, desaparecido el temor del castigo, yo había esperado que esta vez no fuesen los zapatos abotinados de siempre. Deseaba un modelo más elegante, de taco bajo y se lo había sugerido en alguna oportunidad. Pero mi padre los consideraba un lujo inútil e insistía en los abotinados porque, argumentaba, servían tanto para el invierno como para el verano.

Y así llegó otra primavera y a lo largo del cerco volvieron a florecer las violetas. Sentía que también yo me iba renovando. Había días en que las horas dejaban de correr y sonidos y colores y formas parecían fijarse y dulcificarse definitivamente. Ese mundo mío estaba hecho de elementos simples, de

65

objetos familiares, pero en esas raras oportunidades se volvía mágico. En la inmovilidad que me rodeaba, en la luz de las mañanas, en las largas tardes en que permanecía sola, creía saber que todo estaba bien, que todo era comprensible, ordenado y transparente, que a cada cosa correspondía otra, a cada voz un eco, y yo me percibía participando de esa armonía, y eso era bueno y tranquilizador. Entonces deseaba que el día no terminara de pasar y ya no me importaba si el regreso de mi padre y de mi hermano se demoraba. Sabía que llegarían tarde o temprano, y también esa certeza, disfrutar largamente de esa certeza, me aportaba bienestar y seguridad. Era en momentos así cuando sentía que estaba recuperando, por fin, mi casa.

DOCE

Oía a mi padre, a mi madrina, a Battista, a algunos vecinos, inclusive a mi abuela, hablar de política, del fascismo, de persecuciones, de que obligaban a tomar aceite de ricino a los opositores, apaleaban gente, mataban, incendiaban establos, sobre todo en la Romagna, donde había muchos campesinos y socialistas. No alcanzaba a darme cuenta de qué se trataba, pero intuía que algo estaba sucediendo y seguramente tenía su importancia ya que los mayores le dedicaban tanto tiempo y saliva. Pero siempre pasaban cosas en alguna parte, allá afuera, lejos. La guerra, de la que tanto se había hablado y se seguía hablando, no había significado para mí más que la prolongada ausencia de mi padre y la muerte de Aldo. Lo demás, las trincheras, las cifras, sólo eran noticias vagas, impresionantes a veces, pero ajenas, ecos de sucesos que bien podrían haber pertenecido a otras épocas o llegado desde otras tierras, África, América. Mi mundo, intocado, el único que importaba, seguía encerrado en el ámbito establecido por nuestra casa y la presencia de mi gente.

La violencia de dos hechos, creo que casi simultáneos, vino a demostrarme la vulnerabilidad de aquel cerco imaginario establecido por mí. Mi abuelo Carlo, después de la dolencia a raíz de la cual me había hecho llamar cuando estaba en el orfanato de Verbano, se había ido recuperando poco a poco, pero ya casi no podía moverse y permanecía todo el tiempo en cama o a lo sumo sentado en una silla. Cuando me veía, preguntaba por su duraznero, me pedía que le llevara los primeros frutos, los analizaba, los sopesaba, averiguaba qué fecha era, hacía cálculos y seguía teorizando sobre el inevitable enfriamiento del sol.

Aquel día había ido al caserón de la calle San Fabiano y estaba jugando abajo, en el gran patio empedrado, con las hijas de unos vecinos. Vi que por el portón de madera que daba a la calle habían ingresado algunos hombres y después oí voces arriba. Subí y me encontré con aquellos tipos —eran tres— que trataban de llevarse a mi abuelo. Le decían:

—Tiene que venir con nosotros.

Más tarde supe que pertenecían al partido fascista y se encargaban de que la gente fuera a votar. Se llevaban a todo el mundo: enfermos, lisiados, ciegos, dementes. Mi abuelo se resistía, gritaba que no quería ir, que no sabía votar, que nunca había ido a la escuela, que no sabía ni leer ni escribir. Lo cual era cierto. Mi abuela se interponía, gritaba también ella:

—Es un hombre enfermo, no pueden tocarlo.

De aquellos tres, el que más hablaba era un tipo bajo y fornido, cara puntiaguda y ojos pequeños, que me hizo pensar en una rata. Se llamaba Spozio y era hijo del portero de la fábrica de sombreros.

Yo me había detenido en la puerta, no entendía, estaba aterrada. Acabados los argumentos, Spozio ordenó a los otros dos que sacaran a mi abuelo de la cama y lo colocaran en una silla. Así lo hicieron. Entonces vi a mi abuela salir corriendo y desaparecer escalera abajo. Cuando pasó a mi lado alcanzó a decirme:

—Andate a la casa de Gineta.

Gineta era una vecina del mismo piso. Pero yo me quedé ahí. Cuando los dos hombres salieron, cargando a mi abuelo sentado en la silla, me hice a un lado y después los seguí. Mi abuelo ya no protestaba, tenía cara de asustado.

Mi abuela, mientras tanto, había pedido ayuda a un tal Tabini, un jerarca fascista que vivía cerca, dueño de una fábrica, y para quien había trabajado durante años. Aparecieron cuando el grupo ya estaba abajo y cruzaba el patio hacia la calle. Tabini se apartó con Spozio y conversaron. Los otros dos habían depositado la silla en el suelo y esperaban. Había gente en las puertas y en los balcones que daban al patio. Nadie hablaba. Mi abuelo mantenía la mirada fija hacia adelante, parecía avergonzado. Finalmente, Spozio y los suyos aceptaron irse sin él. Pero no lo devolvieron a su cama. Antes de marcharse llamaron a un par de hombres que estaban asomados para que lo cargaran. Entonces la gente se acercó. Hubo comentarios y todos los vecinos, chicos y grandes, subieron por la escalera detrás de la silla y aquello parecía una procesión. Junto a mí, dos chiquitos gritaron:

—Viva don Carlo.

En el segundo hecho también intervino Spozio. Después de la muerte de mi madre, mi padre se detenía un rato en la hostería cuando volvía del trabajo, tomaba un vaso de vino y charlaba con los conocidos. La hostería estaba en Rino, un grupo de casas ubicado cerca de aquella fuente donde mi hermano había creído ver a mamá. Uno de los amigos de mi padre se llamaba Bruno Teani, socialista, a quien yo sólo había visto de lejos. Teani medía dos metros o más y le faltaba una pierna. Había sufrido un accidente hacía años, cuando era muchacho, mientras trabajaba con una cuadrilla, abriendo un camino, montaña arriba. En aquella oportunidad estaba solo, con un carro y una mula, lejos del campamento. En un descuido, una sierra, una máquina, le amputó la pierna izquierda por encima de la rodilla. Pero no totalmente: la pierna quedó adherida por algunos tendones. Teani, con un cuchillo, se la terminó de cortar para que no le estorbara, la arrojó sobre el carro, trepó él mismo, logró aferrar las riendas y se lanzó cuesta abajo hacia el campamento. Sus compañeros oyeron los gritos repercutiendo por la montaña mucho antes de que llegara. Lo llevaron hasta un poblado cercano, donde había un médico y lo salvaron. Pidió que enterraran su pierna en el lugar del accidente. Me contaron que le divertía subir hasta allá con un par de amigos y tomar alguna botella de vino sentados bajo los árboles, ahí mismo donde —decía— había nacido por segunda vez. Teani era famoso porque en las peleas se afirmaba sobre su única pierna, apoyaba la espalda contra la pared y entraba a revolear la muleta. En el pueblo había varias cabezas que llevaban el recuerdo de sus garrotazos.

Esa noche, Teani y mi padre habían estado tomando y jugando a las cartas. Apareció Spozio acompañado por otros dos. Los fascistas andaban por todas partes, tenían soplones que se metían acá y allá para averiguar qué decía la gente. En cuanto los vio, Teani comenzó a hacer comentarios en voz alta contra Mussolini y el fascismo. Mientras el gigante estuvo en la hostería, Spozio y sus compañeros se quedaron quietos, tomando sus vinos, como si no oyeran. Seguramente, también ellos sentían respeto por la contundencia de aquella muleta. Pero más tarde, apenas Teani se fue, reaccionaron, se abalanzaron sobre mi padre, lo obligaron a levantarse, lo sacaron a empujones a la calle y le dieron una paliza.

Me acuerdo bien de aquella noche. Mi padre llegó a casa y se fue directamente a la cama. Durante un largo rato lo oímos quejarse, protestar y, nos pareció, lloriquear. Por la mañana se levantó y se fue a trabajar como siempre. No sabíamos qué había pasado y nos enteramos dos o tres días más tarde, pero no por su boca, él jamás nos habló del incidente. Entonces me dio pena mi padre, tan reservado, tan respetuoso de todo, humillado públicamente de esa manera. Por primera vez comprendí que también él podía llegar a sentirse solo. Recordaba aquellos quejidos suyos y me dolía, como si se tratase de una culpa, no haber podido ayudarlo. Las imágenes de esa noche me persiguieron durante mucho tiempo.

Supe que unas semanas después, tal vez a causa de la paliza a mi padre, tal vez por otras muchas razones, Teani y algunos compañeros suyos tuvieron un choque muy duro con Spozio y su gente. Fue de noche, en el puente de hierro sobre el San Giovanni, y dos fascistas fueron arrojados al río. Me hubiese gustado estar ahí para presenciarlo. La noticia de aquel enfrentamiento me alivió, en parte, de la pena y del sentimiento de culpa que arrastraba. Aplaudí a Teani y hubiese querido tenerlo cerca para demostrarle mi agradecimiento. De todos modos, es probable que en esos días comenzara a sospechar que también la seguridad de las paredes de mi casa podía ser amenazada y que no bastaba con echar llave a la puerta.

TRECE

Evidentemente a mi padre le hacía falta una mujer para que se hiciera cargo de la casa. Me enteré —esos rumores se divulgaban rápido— que había estado hablando con una y con otra después de mi regreso del orfanato. No hubo acuerdo o tal vez mi padre no se decidiera todavía a dar aquel paso. Creo que su mayor preocupación éramos nosotros dos, mi hermano y yo, y seguramente temía meter en casa a alguien con quien no nos lleváramos bien.

Supe también, supongo que a través de mi abuela Antonietta, que en realidad a mi padre le interesaba Elsa, mi madrina, y que hacía tiempo —a ella antes que a ninguna otra— le venía proponiendo que se casaran. Y que si había iniciado conversaciones por otro lado era porque Elsa se negaba siempre. Yo quería mucho a mi madrina, me hubiese gustado tenerla conmigo y cuando vislumbré aquella posibilidad me alegré y comencé a albergar esperanzas.

Mi padre iba a visitarla de tanto en tanto y yo me enteraba porque en esas ocasiones se ponía el traje en días de semana. Esperaba su regreso y lo espiaba de reojo para tratar de descubrir en su cara si había progresos. Pero pasaba el tiempo sin novedades. De todos modos llegó el momento en que aquel galanteo tomó estado público y no hablábamos de otra cosa con mi abuela y algunas vecinas. Había un par de aquellas mujeres que ya daban el casamiento por hecho y estaban dispuestas a apostar que tendríamos fiesta antes de tal o cual fecha. Me decían:

—¿Qué mujer se negaría a casarse con un hombre como tu padre?

"Ninguna, salvo mi madrina" pensaba yo. Pero me lo callaba porque tenía la certeza de que manifestarlo hubiese sido fatal para el logro de aquel casamiento. Ignoro de dónde había surgido la idea, pero estaba convencida de que las palabras tenían un poder mágico, que una vez proferidas y lanzadas al aire se independizaban y comenzaban a actuar por su cuenta, igual que seres vivos. Por eso me cuidaba de liberar pensamientos que albergasen mensajes negativos para mí y para la gente que quería. Me repetía que si los dejaba sueltos se cumpliría inexorablemente la propuesta que llevaban. Me esforzaba por conservarlos firmemente encerrados en mi cabeza, como si se tratase de una cárcel.

Mi padre, por supuesto, no decía nada y delante de él nadie mencionaba el asunto. Sólo una vez, tratando de disimular la intención, me atreví a preguntarle:

—¿Viste a mi madrina?

Me miró serio y escapé sin esperar la respuesta.

El que no veía con buenos ojos la posibilidad de que otra mujer viniera a ocupar el lugar que había dejado nuestra madre era mi hermano. Se irritaba cuando nos sorprendía hablando del tema. Nos decía:

—¿Por qué no se dejan de tonterías?

Salía dando un portazo y después lo oíamos hachando un tronco y sabíamos que en realidad estaba descargando su furia. Así que también cuando llegaba él cambiábamos de conversación.

Un domingo (aquel mes había cumplido mis doce años) vino mi madrina Elsa a buscarme y me llevó a pasear por el pueblo. Debía ser alguna fecha importante porque nos cruzamos con una procesión, había banderas en los balcones y mucha gente a lo largo de la costa. Nos detuvimos a presenciar una competencia de palo enjabonado, junto al embarcadero. No era un palo vertical, sino colocado horizontalmente, unos cinco o seis metros sobre el agua del lago. Los competidores debían tratar de llegar hasta el extremo y apoderarse de un trapo verde fijado ahí. Ensayaban diferentes métodos, algunos arrancaban corriendo, otros preferían avanzar despacio. Todos terminaban resbalando y precipitándose al agua. Los espectadores se divertían con los chapuzones y se habían dividido en varios bandos para alentar a éste o aquél. Había un chico de pelo rojo, el más jovencito del grupo, la cara y el cuerpo cubierto de pecas, que me atraía. Como todos, no lograba superar siquiera la mitad de la distancia que lo separaba de la punta. Caía entre las risas y los gritos y volvía a trepar ágil y sonriente por la escalera. Yo solamente lo miraba a él. Vaya a saber cuáles fueron mis comentarios y mis exclamaciones, porque cuando finalmente hubo un ganador —un flaco alto y de nariz ganchuda al que inmediatamente detesté— mi madrina me miró riendo y dijo:

—Te hubiese gustado que ganara el pecoso, ¿no?

Dejamos el embarcadero, seguimos bordeando la costa, presenciamos el paso de una regata y más tarde la llegada de unos nadadores que venían braceando desde la lejana orilla de enfrente. Elsa me propuso tomar un helado y nos sentamos en un banco de piedra, bajo una glorieta. Nos quedamos ahí mirando el agua que comenzaba a teñirse con el atardecer. Alrededor todo se fue aquietando y en el aire pasaban voces alegres y distantes y yo me sentía feliz con Elsa y pensaba que a su lado los días siempre serían así. No recuerdo de qué hablamos, pero fue en ese lugar, bajo aquella glorieta, donde en algún momento, mirándola a los ojos (y era casi un ruego), le pregunté:

—¿Por qué no te casás con mi papá?

Tampoco recuerdo qué me contestó. O tal vez no dijo nada y permanecimos en silencio, ella con sus pensamientos y yo con los míos, mientras oscurecía y la gente iniciaba el regreso a sus casas y se apagaban los ecos del día de fiesta. Yo había logrado expresar lo que me había estado guardando toda la tarde y eso me tranquilizaba y sentía, aunque ignoraba por qué, que había dado un paso importante en aquel trámite del posible matrimonio.

Elsa no sólo era mi madrina. En cierto modo pertenecía a la familia porque se había casado con un primo segundo de mi madre que se llamaba Aldo Parini. Al día siguiente del casamiento, a Aldo le llegó una citación y tuvo que partir inmediatamente. Era el comienzo de la guerra. Lo mandaron al frente y, como otros de nuestro pueblo, no mucho tiempo después murió en una trinchera. El matrimonio de Elsa y Aldo había durado un día, habían estado juntos una sola noche.

Yo había conocido a Aldo, venía seguido a nuestra casa, me llamaba para que me sentara en sus rodillas, jugaba conmigo y me contaba cuentos. Lo queríamos. Sobre un mueble conservábamos una foto enmarcada delante de la cual para el aniversario de su muerte colocábamos flores.

A Elsa le habían otorgado una pensión de guerra. Una de las razones por las que se negaba a casarse nuevamente, al menos por civil (de esto me enteré tiempo después), era el temor a que el matrimonio fracasase y tuviese que volver a vivir sola, ahora sin pensión porque hubiese perdido el derecho a percibirla.

Pasaban las semanas. Yo acechaba los posibles cambios, continuaba confabulando con mi abuela y cada vez que me encontraba con Elsa la acosaba:

—Casate con mi papá.

Elsa se inclinaba para darme un beso o me acariciaba la cabeza, aunque seguía sin contestarme ni hacer comentarios sobre el tema. De todos modos, en esos silencios suyos me parecía percibir la señal de una promesa.

Ignoro por qué, para congraciarme con qué o para lavar qué sentimiento de culpa, pero en aquellos días me encargaba de que no faltaran flores frescas delante de la foto de Aldo.

CATORCE

Finalmente, Elsa Chiaramonti, mi madrina, aceptó casarse con mi padre. Vino a decírmelo una tarde y seguramente se habían puesto de acuerdo para que fuese ella quien me diera la noticia. De todos modos, por ciertos indicios, ciertos cambios en el comportamiento y en el humor (una velada impaciencia en las miradas y en el tono de voz de mi padre), desde hacía rato yo intuía que se acercaban novedades. Así que cuando vi a Elsa avanzar por el sendero desde el fondo del terreno –atrás estaba el nogal– supe que las cosas se habían arreglado y solamente me dispuse a esperar que ella me lo confirmara.

Pero no me habló inmediatamente del casamiento. Como aquel domingo en la orilla del lago, nos sentamos en un banco de piedra, en el patio, y charlamos de las cosas de siempre. Me hizo preguntas acerca de la escuela y los trabajos de la casa. Era como si supiese que yo había adivinado el motivo de su visita y ambas nos hubiésemos confabulado para un juego secreto, que era solamente nuestro. Me gustaba, y sonreía interiormente disfrutando de la

78

demora. Se nos acabaron los argumentos y callamos durante un largo rato. Abajo, por la ancha calle que llevaba al pueblo pasaban algunas bicicletas y de tanto en tanto se oía, lejos, la sirena de una fábrica. Yo mantenía los ojos fijos en unos arbustos que tenía enfrente, en los insectos que sobrevolaban las pequeñas flores blancas, sentía a mis espaldas la presencia de la casa y me abandonaba a la dulzura del aire cálido y del silencio. En realidad, era como si todo ya hubiese sido dicho y tuviésemos mucho tiempo por delante. A tal punto que cuando mi madrina volvió a hablar me sobresalté.

Dijo:

—Voy a casarme con tu papá.

Entonces supe que había una gran diferencia entre haberlo deducido por las mías y oírselo decir. Aquella voz, aquella frase, me llenaron los ojos de lágrimas. Giré hacia ella, la abracé y quedamos así. Me acarició la cabeza y preguntó:

—¿Estás contenta?

Sabía que no hacía falta contestar y no lo hice. Sólo indagué:

—¿Cuándo?

—Pronto —me contestó.

Fue esa misma tarde cuando Elsa me habló de mi madre. Contó que la había conocido casi inmediatamente de llegar a Trani, que habían sido muy amigas, que andaban siempre juntas, que intercambiaban los vestidos, que mi madre le había presentado a Aldo. Cerca del final de su vida la había llamado junto a la cama, le había tomado las manos y le había dicho:

—Te encomiendo a mi hija, no me la abandonés.

Mientras escuchaba su relato me sentía, al mismo tiempo, triste e importante. Sentía crecer en mí un orgullo nuevo y probablemente me haya preguntado si en aquella aceptación de matrimonio yo no había tenido casi tanto peso como mi padre.

Más tarde, cuando comenzó a oscurecer y entramos en la casa, después de la placidez de aquellas horas en el patio, me puse repentinamente eufórica y locuaz. Me movía de un lado para el otro, hablaba sin parar, proponía planes, cantaba. Elsa se dejaba contagiar por mi entusiasmo, reía y a todo me decía que sí. O a lo sumo acotaba:

—Despacio, ya veremos.

Cuando se fue la acompañé hasta el final del sendero y después regresé saltando. Volví a sentarme en el mismo banco, rodeada por el canto de los grillos y las cigarras, y era como si Elsa ya estuviese viviendo con nosotros.

Entré, puse a calentar la sopa para la cena y esperé impaciente el regreso de mi hermano. No bien llegó se lo dije:

—Elsa aceptó.

Tal vez ya estuviese enterado. De todos modos ignoró mis palabras y, como si quisiera anteponer a la futilidad de aquella noticia acontecimientos realmente importantes y graves, comenzó a contarme que los fascistas habían obligado a beber aceite de ricino a dos obreros de la fábrica textil, que en una localidad del otro lado del lago habían apaleado a mucha gente y quemado establos sin siquiera sacar a los animales y se comentaba que inclusive había algunos muertos. Su discurso crecía, se volvía teatral y supongo que para cualquiera hubiese resultado claro que la posibilidad del casamiento lo sublevaba tanto o más que aquellos hechos. Ignoro si en ese momento alcancé a percibir el motivo oculto de su amargura o si lo deduje más tarde. Sé que lo escu-

chaba, lo veía moverse y gesticular, y pensaba en
Elsa y en lo que vendría. En otras circunstancias
seguramente hubiese revivido los detalles de aquella
vez que habían golpeado a mi padre en la hostería,
hubiese compartido la indignación de mi hermano y
sucumbido nuevamente a mis miedos. Pero ésa era
una noche diferente.

QUINCE

No hubo una excesiva actividad en esas semanas, pero para mí cada detalle, cada pequeño problema a resolver, tenía el sabor de una aventura. Y aun los rutinarios trabajos de cada día me deparaban sorpresas insospechadas. La forma de cierta nube en el cielo, un grillo dentro de la casa, eran anuncios de buena suerte. Me abandonaba a esas señales como a los repentinos golpes de aire que, al traer un perfume conocido, de otros años, presagiaban un cambio de estación. Aquellos anuncios me habían turbado siempre, me llenaban la cabeza de ideas imprecisas y el cuerpo de estremecimientos, y pese a conocerlos, pese a la repetición, cada vez se me aparecían como promesas de grandes novedades. También la inminencia del casamiento de mi padre con Elsa era como un cambio de estación. Lo vivía con la misma fiebre y la misma confusa impaciencia.

Acompañaba a mi madrina a completar trámites, a visitar parientes y amigos. Estuvimos un mediodía en la casa de su hermano Ambrosio, que era cochero. Después del almuerzo, Ambrosio nos llevó hasta

Tersaso y me dejó sujetar las riendas todo a lo largo
de un camino, apenas marcado por la huella de los
carros, que bajaba hacia el río San Giorgio y después
de bordearlo un trecho subía a través de un bosque
de abedules. Allí, solitaria en medio de los árboles,
había una capilla con las paredes cubiertas de musgo.
Estaba cerrada y se abría muy pocas veces en el año.
La recordaba porque una noche de Navidad habíamos venido, pisando nieve, con mi padre y mi
hermano. Para el día del santo al que había sido
consagrada se celebraba una misa especial y alrededor se organizaba una pequeña feria.

Vimos un pintor con su caballete parado frente a
la capilla. Tenía la barba roja y usaba sombrero de
ala ancha. Nos detuvimos detrás de él, sin acercarnos, sin bajarnos. Yo me estiré para espiar sobre su
hombro. Ambrosio nos explicó en voz baja que era
francés, que desde hacía algunas semanas andaba
por la zona y que varias veces había requerido sus
servicios para trasladarse a lugares alejados. En esas
oportunidades, Ambrosio se sentaba a cierta distancia, mirándolo manejar los pinceles, y cuando el
trabajo avanzaba y él, maravillado, estaba por acercarse y deslizar un elogio, solía ocurrir que el francés
tomara un trapo, borrara nerviosamente todo lo que
había hecho y comenzara de nuevo.

—Así son los artistas —dijo.

Y agregó:

—Éste pinta solamente iglesias.

—Si es por iglesias —comentó Elsa con cierta
brusquedad—, no le va a faltar material.

Me llamó la atención porque lo dijo en un tono
que le desconocía. Y aun después, cuando llegamos
a Tersaso y nos encontramos con otra gente, yo
seguía pensando en eso, como si detrás de la sim-

pleza de aquella frase hubiese algo que se me ocultaba y que debía desentrañar.

Una tarde fuimos juntas, Elsa y yo, a ver al párroco, el padre Anselmo, para conversar acerca de su pensión de guerra y concretar los detalles de la boda. Mi madrina le explicó en pocas palabras la situación. Le dijo:

—Queremos casarnos únicamente por iglesia, para que no se pierda mi pensión.

El padre Anselmo meditó un poco o hizo como que meditaba, después habló largo y finalmente argumentó que no había inconveniente, que la unión realmente importante era aquella que se llevaba a cabo ante Dios.

Era el mismo cura que me había conseguido la internación en el orfanato. Lo miraba hablar y la etapa de Verbano se me figuraba distante y ajena, como si le hubiese pertenecido a otra persona. Me parecía que el propio cura se había convertido en otro, transformado a la luz de los nuevos acontecimientos. A tal punto que su imagen, enemiga desde aquella mediación, se me volvía ahora amable y aliada.

El padre Anselmo se apartó del tema y se permitió algunos consejos que mi madrina escuchó sin pestañear y sin asentir. De todos modos el trámite fue simple y bastante rápido. Sólo quedaba establecer la fecha de la ceremonia.

Hubiese querido hablar de eso mientras volvíamos, pero Elsa callaba, grave, súbitamente ensimismada, como si algo le hubiese molestado en aquella charla. Respeté su silencio y cruzamos el pueblo sin intercambiar palabra. La miraba de reojo y me preguntaba en qué estaría pensando y cuál sería el motivo de su seriedad ya que aparentemente todo se había resuelto sin problemas.

Antes de llegar a casa, pasada la fábrica, vimos un grupo de gente que corría hacia nosotros. Adelante venían tres perros, dos cazadores con sus escopetas y detrás de ellos, me pareció, medio pueblo. Grandes y chicos cubrían toda la calle y oímos que algunos nos gritaban:

—Atájenla, atájenla.

Entonces advertimos que, a cierta distancia, los precedía una liebre. Nos detuvimos sorprendidas, sin saber qué hacer, mientras seguían los gritos. La liebre avanzaba por la mitad de la calle. A unos metros de nosotros se desvió, cruzó un prado y remontó la cuesta que llevaba hacia nuestra casa. Aquel grupo colorido la siguió. Los vimos perderse y comentamos, riéndonos, lo curioso de la situación.

—Como si fuese tan fácil atajarla —decía Elsa.

—Sí —repetía yo—, como si fuese tan fácil.

—Allá están otra vez.

Los perros, los cazadores y los demás venían nuevamente hacia nosotros. Se desviaron al pie de la loma, se metieron entre los árboles y desaparecieron.

—Esta noche nadie come liebre —dijo Elsa.

Cuando reemprendimos la marcha, al verla nuevamente risueña, le comenté la amabilidad del padre Anselmo, que no había opuesto obstáculos y se había mostrado tan dispuesto a solucionar favorablemente las cosas. Elsa sólo dijo:

—Ésos siempre están dispuestos a negociar.

Ahí advertí, creo que por primera vez, que Elsa no simpatizaba con los curas, que le molestaba tener que recurrir a ellos. Pero su humor ya había cambiado y emitió aquel comentario sonriendo y encogiéndose de hombros. Durante el resto del trayecto volvimos a hablar de la liebre, y yo me detenía en medio del sendero y me corría hacia la izquierda y hacia la derecha con los brazos abiertos como si estuviese tratando de atrapar un pollo.

—Atajala, atajala —me decía Elsa.

Le tomé la mano y seguí riéndome con ganas hasta que cruzamos la puerta de casa.

Elsa estaba enterada de aquella costumbre de mi padre, cada vez más frecuente, de pasarse algunas horas en la hostería después del trabajo. Supe que, entre otros temas, habían hablado también de eso y que él había estado de acuerdo en limitar o quizá suprimir aquellas escapadas cuando se hubieran casado.

Se fijó fecha para después de la vendimia. Así que cuando llegó el momento estuvimos de festejo corrido porque para nosotros, los chicos, la vendimia ya constituía una fiesta. No eran más que un par de días, pero estaban tan llenos de acontecimientos que se me antojaban semanas. Venían dos primas mías a ayudarnos, las hijas de mi tía Giulia, que tenían más o menos mi edad. Se quedaban a dormir y por lo tanto la agitación seguía inclusive durante la noche. Nos enloquecíamos corriendo entre las vides, cortando los racimos y cargando los canastos. Después nos descalzábamos, nos metíamos en la tina y, entre risas y empujones, íbamos pisando la uva. Además de lo que producían nuestras vides, todos los años mi padre se hacía traer unos cajones de una uva especial de la zona de Monferrato; daba un vino espumante que se reservaba para las fiestas. A los pocos días, si uno bajaba al sótano, tenía la impresión de asfixiarse. Aquel casamiento se llevó a cabo con el olor a mosto en el aire. Fue un buen casamiento, con mucha gente, carrozas, música y baile.

Durante todo ese tiempo, mi hermano se había mantenido ausente de los preparativos. Aceptaba en silencio y de vez en cuando —como la noche en que le había dado la noticia— me comentaba cosas que pasaban en la fábrica, en el pueblo, en otras partes. El día de la boda, en medio de tanta euforia, casi me había olvidado de él. Lo descubrí apoyado contra el tronco del cerezo, en el extremo del patio, mirando con expresión ausente cómo se divertían los demás. Tenía un pedazo de rama en la mano y le sacaba punta con un cortaplumas. Cuando me acerqué, sin interrumpir su tarea, dijo:

—Ayer le tocó al padre de un muchacho que trabaja conmigo.

No quise seguir escuchándolo y fui a reunirme con mis primas.

DIECISÉIS

Y ASÍ LLEGÓ LA MAÑANA EN QUE ABRÍ LOS OJOS y me demoré en la cama disfrutando la certeza de saber que había una mujer en la casa. La luz que se filtraba a través de los postigos cerrados rayaba muebles y paredes y afuera trinaba un pájaro. Miraba, escuchaba, permanecía inmóvil, prolongaba el placer de ese momento, sentía que ahora todas las cosas, aun las mínimas —los sonidos exteriores, aquellas sombras y claridades—, tenían un sabor diferente. Después me levanté y salí al patio. Entonces descubrí que era temprano y el sol aún permanecía oculto por las cimas. Había una neblina baja que cubría la tierra. Lejos, sordo, sonó el disparo de un cazador. Me quedé en el patio, esperando. De vez en cuando miraba la ventana de la pieza donde dormían Elsa y mi padre. Hubiese querido golpear para obligarlos a levantarse. Estaba ansiosa por saber cómo era esa nueva vida.

Al comienzo pensé que tal vez debería decirle mamá a Elsa. Me propuse hacerlo, pero nunca lo logré. Elsa no sólo se encargaba de las tareas de la

casa, sino que cosía para varias familias adineradas.
Confeccionaba camisas, ropa interior. Cosía y bor-
daba. También yo me beneficié con sus habilidades:
de tanto en tanto me hacía un vestido nuevo. En más
de una oportunidad oí a mi padre decir que la vida
había sido generosa con él, que le habían tocado dos
mujeres muy buenas.

—Una mejor que la otra —decía.

Ésa (ya había cumplido los trece años) fue la
época en que empecé a buscar trabajo. En realidad,
otras personas, amigas de mi padre o de Elsa, lo
buscaban por mí. Hablaban con jefes y encargados,
venían a vernos para contarnos los resultados de las
conversaciones. Trani no era un pueblo grande, pero
había muchas industrias. Acudían hombres y mujeres desde todas partes, pueblos de la zona, regiones
más alejadas. Yo aceptaba con entusiasmo la posibilidad de trabajar. Tal como lo veía entonces —creo—, los
largos muros de las fábricas, las chimeneas altas y
humeantes, las sirenas que anunciaban el comienzo
y la finalización de los turnos, mi padre y mi hermano cumpliendo aquella rutina diaria (mi abuelo
Carlo y mi abuela Antonietta habían trabajado en
fábricas), eran un complemento natural del mundo
que me rodeaba y en el que me había criado. Por lo
tanto la fábrica me correspondía y me parecía inevitable que, tarde o temprano, también yo entrara en
una. Tal vez, en mi fantasía, representara inclusive
un paso necesario para alcanzar cierta forma de
independencia. No con respecto a los míos, de los
que no hubiese querido separarme nunca. Sino en
cuanto a afirmarme, a crecer, a poder ganar mi
dinero y contribuir al mantenimiento de la casa. Para
mí la fábrica era (nadie me había sugerido lo contrario) el elemento que aseguraba el salario, la ima-

gen que sostenía una oscura ilusión de progreso.

Así que cuando apareció cierta mujer, conocida de Elsa, para comunicarnos que al día siguiente debía presentarme en un taller, me alegré. Allí me encontré con dos chicas de mi edad que habían ingresado algunos meses antes. El dueño era alemán, un tipo alto, grueso y de gran voz, que solía aparecer de improviso y se desplazaba con paso rápido, dando órdenes permanentemente, y al que no nos atrevíamos a mirar. La mía era una tarea cansadora. Debía permanecer atenta detrás de una máquina enorme. De tanto en tanto, un hombre que estaba del otro lado gritaba:

—Naveta.

Entonces yo debía subir una escalerita, quitar la naveta de hilo que se había vaciado y reemplazarla por otra cargada. Casi inmediatamente un nuevo grito:

—Naveta.

Unos minutos después:

—Naveta.

Y así todo el tiempo. Me la pasaba corriendo a lo largo de esa máquina.

Recuerdo de aquel primer trabajo al encargado de sección, un hombre bonachón, amigo de hacer bromas, que nos trataba con paciencia y, cuando cometíamos errores, reiteraba sin alterarse las mismas explicaciones. A veces nos pedía, a mis dos compañeras y a mí, que nos colocáramos una junto a la otra y nos tomáramos de la mano. También él se acoplaba a la fila, en un extremo. Con la mano libre se aferraba a un cable que conducía electricidad, evidentemente no muy fuerte, y entonces a todas nos cruzaba el cuerpo una descarga. Aquello debía divertirle bastante porque con frecuencia, cuando disponíamos de algunos minutos libres, nos llamaba:

—Vengan chicas, juguemos con la electricidad.

Permanecí dos meses en el taller del alemán y luego probé en una fábrica algodonera donde el trabajo no era tan agotador. También ahí me tocaron tres compañeras —habían ingresado conmigo— que tenían mi edad. Cuando nos dejaban solas aprovechábamos para charlar y jugar. Corríamos, patinábamos sobre el piso de cemento, una agachada y otra arrastrándola de los brazos como si fuese un carrito. Un día nos sorprendió la encargada. Nos estábamos divirtiendo tanto que, sin poder evitarlo, seguí riéndome en su cara. Detrás de mí, las otras dos habían logrado controlarse y callaban. La encargada, los brazos en jarra, me miraba con furia y esperaba a que me calmara. Nos llevó ante el jefe, contó lo sucedido y me acusó de burlarme de ella y de haberle contestado con insolencia. Esto último no era verdad, yo no había dicho una palabra. El jefe se encolerizó:

—Ahora, como castigo, les aplico una multa y las mando a las tres a la dirección.

Ahí me asusté porque temí que le avisaran a mi padre. Me hice la humilde y le dije señor de acá y señor de allá, le aseguré que no lo había hecho a propósito, le prometí que no volvería a ocurrir. Finalmente el jefe se ablandó:

—Por esta única vez las perdono, pero tengan mucho cuidado.

Me señaló con el dedo:

—Especialmente Agata.

Volvimos al trabajo con la cabeza gacha, bajo la mirada severa de la encargada, espiándonos una a otra de reojo y conteniendo una risa nerviosa.

De todos modos éramos muy chicas y no rendíamos. Al poco tiempo nos dejaron cesantes a las cuatro.

Mi tercer trabajo fue en una fábrica de sombreros. La misma cuyo portero era el padre de Spozio, el fascista que había querido llevarse a mi abuelo y después golpeó a mi padre. Cuando entraba solía encontrarme con aquel hombre y lo miraba recelosa, buscando en sus ojos la perversión y la crueldad que había visto en los de su hijo. Pero seguramente no había nada de eso. Alguna vez me tocó cruzar un par de palabras con él y sólo me dejó la impresión de ser una persona triste y agobiada.

Estuve una temporada en una sección que se llamaba la campana, donde comenzaba el proceso de fabricación del sombrero. También ahí me pagaban una miseria y otra señora conocida, Angela, me propuso acompañarla a la empresa donde trabajaba, una tejeduría, para hablar con el director. Nos encontramos un mediodía, aprovechando el horario del almuerzo. Antes de entrar, Angela me dijo:

—Estirate bien la pollera hacia abajo, así parecés mayor.

El director me miró como si fuese un objeto, sacudió la cabeza y dijo:

—Demasiado chica.

Aquella sentencia —o tal vez el tono en que fue emitida— me humilló, me hizo sentir una inútil y miré a Angela para que nos fuéramos rápido. Pero ella insistió, argumentando que yo necesitaba mucho ese trabajo:

—Señor director, quizá pueda darle una oportunidad, se quedaría conmigo y aprendería.

El director volvió a mirarme y, sin convicción, consintió:

–Vamos a probarla.

Me colocaron en los telares. Lo primero que me enseñaron fue a anudar los hilos. Después, paso a paso, todo el proceso. Cuando adquirí suficiente experiencia comencé a reemplazar a las obreras que faltaban por uno o dos días. Finalmente, con el tiempo, me asignaron mi propio telar. A veces me tocaba cumplir un turno de ocho horas corridas. Otras, horario cortado: de ocho a doce y de dos a seis. En esa fábrica me fui quedando.

La quincena completa se la entregaba a mi padre. Si le pedía un par de liras para mí me las negaba. Todos los gastos le parecían superfluos y sólo pensaba en seguir agrandando la casa. No admitía despilfarros. De ningún tipo. Cierta vez, una amiga de Elsa me regaló un par de medias de seda y, queriendo lucirme ante mis compañeras, me las puse para ir a la fábrica. Al mediodía, durante el almuerzo, mi padre lo advirtió y se enojó:

–Las medias de seda para trabajar, no te da vergüenza, sacátelas inmediatamente y que sea la última vez.

Mi hermano tenía la costumbre de escamotear algo de su sueldo. Mi padre siempre se daba cuenta, se sacaba el cinto y se lo daba por las piernas.

DIECISIETE

Hubo cambios en mi casa. Uno de ellos fue la comida. Elsa se encargaba de las compras y con frecuencia nos esperaba con alguna sorpresa. Otro cambio fueron las salidas de los domingos.

Recuerdo la primera excursión que realizamos juntos, mi padre, Elsa y yo. Partimos temprano, el sol todavía no había asomado. Mi padre y yo llevábamos mochila y Elsa un canasto de mimbre. Subimos por un camino pedregoso, entre árboles y arbustos. A poco de andar ya teníamos el pueblo abajo y nos detuvimos para individualizar nuestra casa. Era un placer avanzar en aquel silencio y saber que disponíamos de todo el día. Imprevisto, frente a nosotros, sin alterar la calma, el vuelo rasante de algún pájaro cruzaba el camino como una pedrada. No teníamos meta ni planes, sólo caminar y después buscar hongos en los bosques.

Habíamos andado bastante cuando nos enfrentamos con un puente tendido entre dos laderas verticales. Abajo, lejos, corría el río encajonado y espumoso. El rumor de la correntada casi no llegaba hasta nosotros y producía una extraña sensación adivinar aquella violencia del agua y continuar rodeados de silencio. Daba vértigo acercarse a la baranda. Había una lápida en la mitad del puente. Nos detuvimos a leerla y mi padre me contó una historia que se remontaba a la época en que él era muchacho. La lápida había sido colocada en memoria de un jefe de carabineros, Adriano Badani. En aquellos tiempos andaba por la zona un asaltante famoso, llamado Barba. Durante años había logrado eludir los cercos policiales y se había convertido en una leyenda. Alguien lo delató cierta Navidad en que había ido a visitar a su madre, en una aldea por ahí cerca, y una partida de carabineros lo acorraló sobre aquel puente. Barba no tenía escapatoria. Adriano Badani se adelantó y le gritó:

—Finalmente, también los zorros viejos caen en la trampa.

Barba le contestó:

—Pero no los de este pelaje.

Y se arrojó del puente. Badani saltó detrás y se mató. Barba, en cambio, logró huir una vez más.

Quedé fascinada por aquel relato y permanecí ahí, releyendo la lápida y calculando la altura del puente. Elsa y mi padre habían seguido caminando y tuvieron que llamarme varias veces desde el otro extremo antes de que me decidiera a correr para alcanzarlos.

—¿Qué pasó con Barba? —pregunté.

—Nunca lo atraparon. Algunos dicen que todavía anda por estas montañas.

Dejamos el camino y nos metimos en el bosque. Avanzábamos separados, a pocos metros de distancia, nos llamábamos cuando descubríamos algún hongo. Los más fáciles de detectar no eran los comestibles, sino los venenosos. A éstos, yo los destruía pisándolos. Los otros iban a parar a la canasta de Elsa, sobre un colchón de hojas verdes. Subimos, bajamos y volvimos a subir. Era un día de suerte y habíamos logrado una buena cosecha. Hicimos alto al llegar cerca de una casa aislada. Sacamos la comida que habíamos llevado en las mochilas y almorzamos sentados sobre un murito de piedra. Hacia abajo, las laderas de dos cerros se abrían en un ancho abanico y podíamos distinguir, al fondo, una llanura azulada, y más atrás la superficie del lago, brillante en los vapores del mediodía. No nos habíamos cruzado con nadie durante la subida. Tampoco parecía haber gente en la casa. Sentir que estábamos solos, que no existían otras presencias en aquellos lugares, aumentaba la sensación de bienestar.

—¿Y si apareciera Barba? —pregunté.

—Lo invitaríamos a comer —contestó Elsa.

A partir de ese día las excursiones dominicales se convirtieron en una costumbre. Tomábamos el trencito o el trasbordador y nos íbamos a visitar los pueblos de los alrededores: Vadone, Logna, Casaccio, el Sacromonte de Varano. Llevábamos nuestra comida, nos sentábamos en las hosterías y pedíamos la bebida. Carlo seguía sin aceptar la presencia de Elsa en casa, se había excluido del grupo y hacía su propia vida.

También la idea de almorzar juntos en el pueblo durante la semana fue de Elsa. Nos encontrábamos en un restaurante grande y ruidoso, frecuentado por obreros, donde servían unos platos abundantes y económicos. Después Elsa regresaba a la casa donde estaba trabajando en ese momento, y mi padre y yo a nuestras respectivas fábricas.

Algunas noches, los sábados, los domingos, cenábamos en la hostería de Rino. Siempre había alguien que tocaba el acordeón. Tampoco faltaba un grupito que se pusiera a cantar y poco a poco, ablandados por el vino, todos se sumaban, moviendo apenas los labios o levantando la voz. Una pareja salía a bailar y otras la seguían. Yo las miraba girar entre las mesas, estudiaba los movimientos de los pies y esperaba mi oportunidad. A veces, en la hostería, nos encontrábamos con mis tíos y mis primas. Cierta noche, una de ellas —me llevaba un par de años, se llamaba Cristina— me dijo:

—Vamos, te enseño.

No me atreví a tomar la lección en público y nos escapamos para practicar afuera. Salimos de la hostería riendo, pero después, cuando Cristina me dio las primeras indicaciones, comencé a sentir que aquel aprendizaje era algo serio. Estábamos solas, girando en una callecita de tierra, bajo la luna, entre un muro y una hilera de arbustos.

—Aflojate, dejate llevar —decía mi prima.

Me dejaba llevar, miraba alrededor, disfrutaba. Detrás de los arbustos se extendía un pedazo de campo, salpicado por fuertes manchas de claridades y sombra.

—Así, así —repetía Cristina.

Prestaba atención a su voz, a la música del acordeón que ahora sonaba lejos, advertía mis propios progresos, me sentía bien. Me parecía que hubiese podido quedarme ahí toda la noche. Sin embargo, después de un rato, envalentonada, me impacienté y dije:

—Vamos, quiero bailar allá.

Entramos y nos mezclamos con las parejas.

Fue esa misma noche que un chico, amigo de mis primas, me invitó. Miré a mi padre y vi —o me

97

pareció– que se había puesto muy serio. También vi el breve gesto de Elsa alentándome.

A partir de ese momento las idas a la hostería tuvieron para mí un nuevo incentivo. En la fábrica hablaba de los bailes con compañeras de más edad. Ellas me contaban sus aventuras y me instruían. Me explicaron que una podía negarse a bailar cuando alguien no le gustaba, pero eso implicaba permanecer sentada el resto de la noche, porque si aceptaba la invitación de otro, aquel que había sido rechazado la tomaba a cachetazos. Aun estando prevenida, pasé por esa experiencia en la hostería. Un muchacho al que momentos antes había dicho que no –bastante mayor que yo–, se me vino encima cuando vio que me disponía a bailar con otro. Hubo mucho ruido porque mi padre se interpuso y quería matarlo. Lo tenía tomado de la solapa del saco, lo sacudía y le gritaba:

–No ves que es una nena, desgraciado.

También yo recibí mi parte aquella noche. Mi padre estaba furioso y amenazó con no dejarme bailar nunca más. Lo escuchaba con la mirada baja y no me importaba demasiado. Estaba contenta y orgullosa. Me sentía protegida.

Aquella fue una época de quietud. Yo espiaba complacida y un poco asombrada los cambios que se seguían produciendo. Disfrutaba de aquel remanso. Me entregaba. Pero no como a un hecho mágico, nacido imprevistamente de la nada. Por el contrario, me parecía saber que este equilibrio surgía desde el fondo de los años anteriores, que era una consecuencia de sus desconciertos. Tal vez, en mí, una voz hubiese comenzado a sugerirme que no existían cosas gratuitas, que de alguna manera yo había pagado un precio y me asistía el derecho a disfrutar de aquella tregua. Pero esas intuiciones, oscuras, bullendo en el fondo de una remota conciencia, si bien me volvían aun más preciosos aquellos momentos, parecían hablarme, al mismo tiempo, de la fragilidad de todo. Y quizá fuese justamente a raíz de eso que, bajo la glorieta de la hostería, en aquella luz irreal, había oportunidades en que la música del acordeón me producía tristeza.

DIECIOCHO

Una mañana, al entrar, advertí una sorda agitación en la fábrica. Me puse el delantal, ocupé mi lugar, comencé mi tarea y mientras tanto alrededor seguía aquel clima de cosa secreta. Se formaban grupitos de mujeres junto a los telares, venían obreras desde otras secciones, hablaban en voz baja, se pasaban información. Yo estaba intrigada y aguzaba el oído. Rescataba palabras sueltas, entonaciones, me preguntaba qué estaría pasando, presentía que no se trataba de nada bueno. Alcancé a escuchar que una mujer decía:

—Encontraron el cuerpo en las afueras de Roma.

Había un nombre —eso sí lo había estado captando claramente todo el tiempo— que corría de boca en boca: Matteotti. Era como una contraseña que las mujeres se repetían unas a otras en el fragor de las máquinas.

Me acerqué a Angela, la amiga de Elsa que me había conseguido el trabajo, y le pregunté:

—¿Qué pasó?

Sin apartar los ojos del telar, Angela me contestó:

—Asesinaron a Matteotti. Primero lo secuestraron, después lo asesinaron.

—¿Quién era?

—Era uno que valía.

—¿Un socialista?

—Sí.

Inmediatamente pensé en mi padre. Una vez más sentí la presencia de una amenaza. Volví a mi puesto, pero no podía concentrarme. Cometía errores. Esperé con impaciencia que se hicieran las doce para ir a encontrarlo en aquel restaurante donde solíamos almorzar con Elsa. Averiguaba la hora a cada rato. Angela, extrañada, me preguntó:

—¿Te sentís mal?

—Quiero ver a mi padre —le contesté.

Me miró fijo y dijo:

—Tu padre está bien.

Tocó la sirena. Me cambié rápido, salí y corrí todo el trayecto. Ese mediodía fui la primera en llegar al restaurante. Me quedé en la calle, aguardando en la agitación de la hora, tratando de detectar la figura de mi padre entre los grupos de obreros que iban y venían. Una vez más pregunté la hora. Uno de aquellos hombres, sonriéndome y guiñándome un ojo, me contestó:

—Es la hora de comer.

Volví a entrar en el local, recorrí las mesas, salí, me alejé en varias direcciones, regresé. Al fondo, entre las casas, se veía el lago y me acordé de aquella noche de la tormenta y la travesía en el bote. Me sentía desolada.

Por fin mi padre apareció como siempre, por la misma calle, con el mismo paso, seguramente a la misma hora. Me bastó verlo para tranquilizarme y sentir que había estado exagerando, que mi preocupación carecía de sentido. Fui a su encuentro y le rocé brevemente la mano con la mía, aunque no me atreví a tomársela.

Llegó Elsa y nos sentamos. Yo hubiese querido hablar del asesinato y todo el tiempo esperé que lo mencionasen. Pero ni mi padre ni Elsa, tal vez precisamente debido a mi presencia, aludieron al tema. Me parecía que alrededor, en las otras mesas, no se comentaba otra cosa. Un hombre se acercó a saludarnos, mi padre se levantó y lo acompañó hasta la puerta. Los miré conversar desde lejos, tratando de leer en sus labios lo que decían.

Al otro día y en los días siguientes, sobre los muros, fueron apareciendo leyendas alusivas al asesinato de Matteotti. Me las encontraba camino a la fábrica, en la primera claridad, las leía sin detenerme y después las comentaba con mis compañeras. Eran leyendas que habían sido escritas durante la noche y que los fascistas borraban por la mañana. Comenzó a circular una canción y a mi alrededor, algunas obreras, manteniendo el ritmo del trabajo, la tarareaban entre dientes. No podía oírlas debido al rumor de los telares, pero veía sus labios moverse y sabía que estaban cantando. También yo la aprendí.

Una noche le oí cantar esa canción a Bruno Teani, el gigante de la muleta. Fue en la hostería de Rino, donde había aprendido a dar mis primeros pasos de baile. Apareció cuando ya habíamos terminado de cenar. Al entrar, su cuerpo llenó la puerta. Se detuvo junto a nosotros para intercambiar unas palabras con mi padre y con Elsa. Al saludarme lo hizo como si yo fuese una persona mayor. Nunca lo había tenido tan cerca y me pareció todavía más imponente. Lo miraba desde abajo y, con disimulo, trataba de desviar los ojos hacia aquel muñón de pierna oculto en el pantalón doblado. Se sentó a un par de mesas de distancia, con un tipo que lo acompañaba. Acomodó la muleta, pidió vino, llenó los vasos. Hablaba manteniendo el cigarrillo colgado del costado de la boca y entrecerraba uno de los ojos, molesto por el humo. Yo no lo perdía de vista e insistí para que mi padre volviera a precisarme algunos detalles de aquella historia del accidente:

—¿A qué distancia estaba el campamento?

—Un par de kilómetros.

—¿Cómo hizo para treparse al carro?

—Le quedaban los dos brazos y una pierna.

—¿Para qué se llevó la otra pierna?

—No sé, nunca se lo pregunté, quizá pensó que se la podrían pegar.

—¿Fuiste con él a tomar vino allá arriba, donde la enterraron?

—Una vez.

Mientras hablaba con mi padre seguía observando a Bruno Teani y vi cuando dejó el vaso y plantó los dos puños sobre la mesa. Eran velludos y enormes y me parecieron dos pedazos de roca cubiertos de musgo. Después de aquel gesto de determinación se quitó el cigarrillo de la boca, hizo una pausa y comenzó a cantar:

Matteotti ricordiamo
in quest'ora di mestizia

Su vozarrón impuso silencio y las cabezas fueron girando hacia él. Advertí aquel movimiento general y presté atención. Estaba fascinada por el cambio repentino producido en el local, por las expresiones de sorpresa o de incredulidad que creía adivinar en algunas de las caras. Al fondo, justo frente a mí, el hombre que servía las mesas —traía una botella en la mano— había detenido su marcha, como si no quisiese interrumpir o la canción lo hubiese inmovilizado. Bruno seguía:

e per questo noi giuriamo
non vendetta ma giustizia

A mis espaldas, hacia la puerta de entrada, una voz se le unió. Después otra y otra. También el acordeón —bajo, melancólico— comenzó a acompañarlo. Llegó el momento en que todos o casi todos estaban cantando:

il sangue che hai versato
fa piú rossa la bandiera

Me parecía que el aire de la hostería estuviese a punto de estallar, que las ventanas estuviesen a punto de estallar, como si el local ya no pudiese contener aquella concentración de energía y aquella vibración. Sin embargo no había gestos, nadie se había parado. Lo que veía a mi alrededor eran figuras quietas. La fuerza estaba en los ojos fijos y en la determinación de las voces. No hubiese podido precisar qué significaba aquella letra para mí, ni siquiera asegurar que significara algo. Pero la firmeza de aquel coro improvisado, la unión, la inmovilidad, la gravedad, me pusieron un nudo en la garganta.

Tres veces repitieron la canción. Cuando callaron siguió un largo silencio —o a mí me pareció largo— y tuve la certeza de que algo iba a suceder. Esperé, atenta, inmóvil, girando los ojos para poder verlo todo. Pero nada pasó. Se volvieron a llenar los vasos, hubo gente que se movió de un lado al otro y fue creciendo el murmullo de las voces.

Después, el acordeón arrancó con un tema montañés.

DIECINUEVE

La llegada de la navidad me colmaba de un manso
entusiasmo. La sentía acercarse en el correr de los
días y era como si estuviese a punto de acceder a un
descubrimiento. Pensándolo bien, jamás ocurría nada
nuevo, pero el acontecimiento tal vez estuviese
justamente en esa expectativa, en la posibilidad no
concretada de un cambio casi milagroso, en esa
fiebre que me ponía en el corazón y en las venas una
impaciencia feliz. Así había sido siempre. La noche
anterior a Navidad solía haber gran movimiento en
la casa: se preparaba el almuerzo del día siguiente.
Carlo y yo disfrutábamos de aquel clima febril,
ayudábamos en lo que podíamos y antes de acostarnos
colocábamos un plato vacío en la ventana. Por la
mañana encontrábamos un turrón, dos o tres naranjas,
algunas mandarinas, castañas, maníes (en una
oportunidad en mi plato hubo también un par de
zuecos). Juguetes, jamás. Pero incluso con tan poco
nos sentíamos contentos y festejábamos como si nos
hubiésemos topado con un tesoro. El resto de la

jornada se deslizaba en aquel clima apacible y era como si se hubiese establecido una tregua en las inquietudes o en las confusiones del resto del año.

La Navidad que siguió al casamiento de mi padre con Elsa fue diferente. O tal vez yo era otra, momentáneamente otra. Pero lo cierto es que no pude recibirla con la misma paz y la misma actitud de entrega. Ese descubrimiento no me asaltó en los días previos, tampoco al despertar; sino que vendría después de los regalos. Aquella mañana, sobre mi plato, había una pollera y una blusa haciendo juego. Estaban envueltas y el paquete era una presencia exagerada para la modestia de aquel recipiente. Rasgué el papel, sostuve las prendas frente a la luz de la ventana, me las coloqué contra el cuerpo. Elsa, que me estaba observando, se acercó y me dijo:

—Es lo que te gustaba.

Dije:

—Sí.

—Probátelas —dijo Elsa.

Fui a cambiarme, di vueltas delante del espejo durante un rato y estaba a punto de irrumpir en la cocina para mostrarles cómo me quedaban, cuando a través de la puerta entreabierta vi a mi padre y a Elsa detenidos junto a la ventana. Hablaban, aunque seguramente muy bajo, porque no me llegaba el sonido de las voces. La fuerte luz de la mañana fijaba las figuras y al mismo tiempo las desdibujaba igual que en una vieja fotografía. Detrás de ellos, en el rincón, estaba la cocina encendida de la que se desprendían destellos de fuego. En el centro de la pared, la chimenea. Después, el armario, un ramo de olivo color ceniza sujeto a un clavo, una reproducción sobre tela de la Virgen del Tonel, el pino car-

gado de frutas, caramelos, copos de algodón y cintas
doradas y plateadas. Me contuve y me quedé ahí,
espiando. Y a medida que pasaban los segundos mi
felicidad se fue transformando en una inexplicable
desazón. Fue como si mi padre y Elsa y todo lo que
los rodeaba, apresados en el ámbito de aquella
habitación, estuviesen lejos de mí, perdidos, perte-
necientes a otra época, y yo los observase desde una
distancia imposible de franquear.

Me costó cruzar aquella puerta. Finalmente salí y
me mostré. Elsa me pidió que girara y me aseguró
que estaba muy elegante. Mi padre, pese a su par-
quedad, elogió también. Pero yo ya no pude des-
embarazarme de aquella sensación de estar moviéndome en un mundo de cosas pasadas, donde
hasta mi voz, las frases que pronunciaba, huían
inmediatamente o quedaban retumbando en mi cabeza
como un eco surgido de la memoria. Las horas que
siguieron las viví en una especie de estado de alerta.
En cada acontecimiento descubría, asombrada, el
mismo doloroso desencanto.

A media mañana salimos para ir a misa de once,
misa grande. Elsa se quedó en casa. Recorrimos las
calles del pueblo y saludamos a algunos conocidos.
El clima navideño era el de siempre: plácido, festivo.
Nos detuvimos para oír la música de unos pastores
que habían bajado de las montañas con sus zam-
poñas. Por momentos me olvidaba de mi pesar secreto,
pero imprevistamente volvía y entonces era como si
a cada paso me estuviera despidiendo de cosas y
gente. Terminada la misa recorrimos algunas capi-
llas para ver los pesebres. Era el mismo niño colocado sobre paja, entre el asno y el buey, claro,
luminoso, misterioso. Pero a mí, ese día, ya no me
apaciguaba. Hubo más encuentros, abrazos, apreto-

nes de manos, mensajes de paz. Después, compramos el pan dulce y regresamos.

Fueron llegando los parientes: abuelos, primos, tíos. Como siempre, nadie trajo regalos. Nos sentamos a la mesa a la una y yo sabía, porque así ocurría cada Navidad, que no nos levantaríamos hasta pasadas las seis. Siempre comiendo y charlando. El almuerzo arrancó con una entrada de fiambres. Después se sirvió una sopa liviana. A continuación, espaciados, el primero, el segundo y el tercer plato (variedades de carnes —vaca, pato, gallina, pavo— preparadas de diferentes maneras). Al final, frutas y queso. Una prima, sentada a mi lado, con cada nuevo plato razonaba:

—Pensar que los ricos tienen una mesa así todos los días del año.

De tanto en tanto mi padre ordenaba:

—Vayan a buscar otra.

Alguno de los chicos corría al sótano y volvía con una botella de vino espumante, aquel que se hacía con la uva de Monferrato. La botella era destapada entre aplausos.

Una tía llamó la atención sobre mi ropa nueva. Hubo más aplausos y felicitaciones, y alguien comentó que me estaba convirtiendo en una señorita. Agradecí sonriendo. Pero seguía estando lejos, ubicada en un tiempo diferente, moviéndome a una velocidad diferente, como ciertos pasos que daba en algunos sueños, que eran lentos y trabajosos y simultáneamente parecían abarcar largas distancias aéreas.

Las dos primas que venían a ayudarnos los días de vendimia me propusieron dejar la mesa y salir a jugar. Me hice la desentendida y no les contesté. Minutos después me levanté, me aparté y miré desde un extremo de la habitación aquel grupo ruidoso. Lo vi como horas antes había visto a mi padre y a Elsa a través de la puerta. Me sentí sola y excluida de la alegría y la complicidad general. Atrapada en esa triste blandura salí al patio, quizá para huir de aquella evidencia, quizá para comprobar si también las imágenes que me habían acompañado siempre se habían distanciado. Lo primero que busqué fue el nogal al fondo del terreno. Había en mí una pregunta no formulada, pero que necesitaba ser satisfecha. Caminé un poco por el sendero y mientras avanzaba giraba la cabeza y deslizaba la mirada sobre el paisaje invernal. Sólo vi ramas desnudas contra el cielo gris. Y los nidos, en otra época ocultos por el follaje, ahora evidentes, colgados como ojos ciegos en el aire de nieve.

Elsa, seguramente extrañada por mi ausencia, vino a buscarme. Vaya a saber qué intuyó. Vaya a saber si intuyó algo. No hizo preguntas. De todos modos no hubiese sabido qué contestarle. Permaneció junto a mí durante un rato, en silencio, mirando al frente también ella. Después dijo:

—Vamos adentro, están por cortar el pan dulce.

La acompañé y ocupé mi lugar en la mesa, agobiada siempre por esa pena que me hubiese sido imposible explicar. Y tal vez simplemente estuviese creciendo. Pero no podía saberlo.

VEINTE

COMO OTRAS COSAS, también el gusto por la lectura me vino de Elsa. Descubrí rápidamente que una de sus pasiones eran los libros. No había muchos en casa, pero siempre andaba alguno rondando por ahí. Los domingos, si no salíamos y el tiempo era bueno, nos sentábamos bajo el nogal, sobre la hierba, y pasábamos la tarde charlando. Hablábamos de la excursión pasada, de la que vendría, de los parientes, de los conocidos. Era un coloquio trivial, se deslizaba como el agua de los ríos e, igual que el agua, sin objetivos aparentes, salvo aquel placer de sentir pasar las horas y estar en paz. Según la época, la brisa nos traía oleadas de perfumes: a pasto seco, a tierra revuelta, a hojas nuevas. Un día Elsa llevó un libro: *Los miserables*. Lo colocó a su lado y después de un rato preguntó:

–¿Querés que leamos un poco?

Aquello era una novedad para mí. Asentí y me dispuse a escuchar. Leyó varios capítulos en voz alta. También ahí, en la lectura, su voz fluía como un agua, pero ahora arrastraba historias insospechadas y vertiginosas, y yo partía hacia otros mundos. Cuando se detuvo para descansar quiso saber si me interesaba lo que había oído. Yo estaba entusiasmada y sólo deseaba que continuase. Se lo dije y Elsa me contestó:

—Tenemos tiempo, ésta es una historia muy larga, hay muchas otras historias, muchos libros.

A partir de ese día, aquellas horas de lectura bajo el nogal se reiteraron. Vinieron otros títulos: *Nuestra Señora de París, Los tres mosqueteros, El conde de Montecristo, Crimen y castigo, Los novios, Guerra y paz.* Elsa leía, yo escuchaba en silencio y seguía partiendo y viajando. Mantenía la mirada al frente, veía las cosas de siempre, el prado bajo el sol, los tejados de las casas aisladas, los pinos contra el cielo vacío, la cueva de un grillo junto a mi zapato, el desplazarse de las hormigas a través del sendero, un moscardón colgado de una flor, un mirlo deteniéndose brevemente en la vid, la rugosidad del tronco de un árbol caído, un campanario sobre una cuesta, la mole oscura del Monte Rosso y sus manchas negras dejadas por los incendios. En mi fantasía, seguramente en el germen de mi memoria futura, se iba fundiendo lo que oía y lo que veía. Aquellas historias, las aventuras lejanas y fantásticas, los dramas de los libros, se revestían con detalles y ropajes que me eran familiares. Elsa seguía leyendo. Leía muy bien. Yo no la interrumpía hasta que hacía una pausa al terminar un capítulo. Entonces le exponía mis dudas, pedía que me aclarara frases y pasajes que me habían resultado oscuros.

—¿Cómo era Napoleón? —pregunté.

—Ése fue otro que hizo morir a mucha gente —me contestó ella.

Escuchaba sus explicaciones mirando siempre al

frente. Con el rabillo del ojo percibía sus gestos breves. Elsa hablaba lentamente, con paciencia, midiendo las palabras. Cuando quería comunicarme algo que seguramente consideraba importante o de difícil comprensión, adelantaba su mano abierta con la palma vuelta al cielo, la colocaba frente a mí como si contuviese una ofrenda, la movía suavemente, subiéndola, bajándola, girándola, afirmando cada frase con un énfasis controlado.

Me contó que había conocido a algunos de esos autores cuando era chica y estaba en un orfanato. Uno de los primeros libros que cayó en sus manos fue *Los misterios de París*, de Eugenio Sue. Siguieron otros del mismo autor. La habían impresionado mucho, había que ver las cosas que se contaban ahí, las cosas que hacían los curas.

Me explicó:

—Unas amigas me conseguían los libros y los leía a escondidas, porque estaban prohibidos por la iglesia, la mayoría de los autores habían sido excomulgados.

Yo la miraba asombrada e incrédula:

—¿Estuviste en un orfanato?

—Siete años.

—¿Con las monjas?

—Con las monjas.

Recordé mis dos años en Verbano y por primera vez me parecieron poca cosa. Me di cuenta de que desconocía todo de la vida de Elsa. Le dije:

—Contame de cuando eras chica.

Elsa intentó eludir el compromiso y volvió a abrir el libro.

—Sigamos leyendo —dijo.

Insistí:

—Quiero saber.

Accedió, aunque sin entusiasmo. Era evidente que

no le gustaba hablar de aquellos años. Me contó que había nacido en Parma, que eran cuatro hermanos, ella la única mujer.

—Vivíamos bien, mi padre tenía plata, fui criada con niñera.

A cada frase era como si diese la conversación por terminada. Tenía que empujarla con nuevas preguntas:

—¿Cómo era tu casa?

Exigía detalles: cantidad de habitaciones, comodidades, muebles, ubicación.

—¿Tu padre a qué se dedicaba?

—Comerciaba con caballos.

—¿Era un buen trabajo?

—Muy bueno, ganaba bien, pero su propio hermano lo estafó y de la noche a la mañana quedó arruinado.

—¿Perdieron todo?

—Casi todo.

—¿Qué hicieron?

—A partir de ahí sólo hubo complicaciones, la familia se disgregó, los cuatro hermanos fuimos a parar a diferentes orfanatos.

—¿Y tu mamá?

Elsa levantó una hoja seca caída del nogal y tomándola del cabo la hizo girar entre los dedos. La llevó hasta la altura de los ojos y la mantuvo ahí, como si tratara de mirar el cielo a través de ella. Por fin dijo:

—De mi mamá no te voy a hablar.

Ahora la escuchaba sin dejar de observarla, cada vez más sorprendida. Era como si a partir de ese momento comenzara realmente a conocerla.

—¿Hasta qué edad estuviste con las monjas?

—Hasta los dieciocho años.

—¿Cómo te trataban?

—Ni bien ni mal.

—¿Qué hacías?

—Estudiaba, trabajaba, aprendí algunas cosas. Cuando salí volví con mi padre.

—¿Y tus hermanos?

—A Ambrosio lo conocés. Quería ser carabinero, pero no lo aceptaron, intentó varios oficios y terminó como cochero. Los otros dos se hicieron curas. Uno dejó los hábitos muy pronto, se casó y ahora vive en Novara. El otro murió tuberculoso.

—Una vez me dijeron que los curas mueren tuberculosos porque no tienen mujer.

Se rió:

—No se oye que mueran demasiados.

Me animé y le pregunté:

—¿Por qué no te gustan los curas?

Se encogió de hombros:

—No me gustan.

No eran los únicos que no le gustaban. Por lo que había podido entender, escuchándola hablar a veces con mi padre y algún amigo en la hostería, Elsa ponía en la misma bolsa a curas, políticos, militares y todos aquellos que tuviesen poder. En una oportunidad le había oído decir: "Siempre es lo mismo con esa gente: o son muy burros o son delincuentes".

La incité a seguir:

—¿Qué hiciste cuando saliste del orfanato?

—Empecé a trabajar. Primero cuidando a una enferma, esposa de un abogado. Estuve varios meses en esa casa. En realidad el marido quería que la mujer muriera rápido, hacía planes, me consultaba, me acosaba, conversaba conmigo sobre el futuro, pretendía incluirme. Hasta que me cansé y le anuncié que renunciaba al empleo. No quería dejarme ir, no había forma de convencerlo, no paraba de hablar, me prometía esto y lo otro.

Aquella parte de la historia me pareció divertida. También Elsa disfrutaba al recordarla. Pregunté:

—¿Qué te decía el abogado?

—Me decía: Elsa, Elsa, usted está despreciando la fortuna.

Reímos juntas. Pregunté:

—¿Y después?

—Con mi padre nos trasladamos a Genova. Ahí nos quedamos un tiempo. También estuvimos en Milano y en Torino. Viajábamos bastante. Siempre trabajando. Yo, aplicando lo que había aprendido; mi padre, tratando de rehacerse. Nunca lo consiguió.

Le pedí que me contara del mar y de la vida en las ciudades. Me habló de barcos grandes como catedrales, de comidas que nunca había oído mencionar. Había comenzado a oscurecer y seguíamos charlando. Las historias de Elsa me apasionaban tanto como las del libro que habíamos estado leyendo. Ya se veían luces en las casas y estrellas en el cielo, refrescaba. Pero yo no quería irme.

Mi padre, que había estado trabajando toda la tarde en su taller, nos llamó desde la puerta de la casa y nos preguntó si pensábamos pasar la noche al sereno.

VEINTIUNO

Pasó otro invierno y con los últimos manchones de
nieve también se extinguió la vida de mi abuelo
Carlo. Su duraznero volvió a florecer y a dar frutos
igual que todos los años. Eran grandes y aterciopelados como siempre y nadie se acordó del sol y su
posible enfriamiento. Antonietta vino a vivir con
nosotros, seguía preparando sus ungüentos y visi-
tando a sus pacientes cuando la llamaban. Mi padre
anunció que encararía la construcción de la última
habitación y así la casa quedaría terminada. Vino el
albañil que solía ayudarlo y comenzaron los trabajos. Durante ese verano el Monte Rosso se incendió
una vez más. Por la noche veíamos la lonja de fuego
avanzar abierta en abanico sobre aquella mole oscura y de día la gran mancha negra que había ido
dejando el paso de las llamas. También siguieron los
libros de Elsa, pero ahora ella se limitaba a entre-
gármelos para que yo los leyera, y había noches en
que sólo los cerraba cuando la vela se extinguía o
comenzaba a amanecer y ya era hora de levantarse
para ir a la fábrica.

Un día el director me mandó llamar, se mostró insólitamente amable y me ofreció una silla. Me soltó un pequeño discurso que me hizo poner alerta e incómoda. Por fin dijo que me había estado observando, que me consideraba una buena chica y me propuso trabajar en su casa, ya que se habían quedado sin sirvienta. Me aseguró que su familia me trataría bien, que me sentiría muy cómoda con su esposa y sus dos hijos, que sin duda estaría mejor que en la fábrica y hasta podía llegar a ganar unas liras más. Después de escucharlo le aclaré que debía consultarlo con mi familia. En mi casa se opusieron. Mi padre simplemente dijo:

—No.

Elsa argumentó que el trabajo de sirvienta era el más humillante de todos. Mi abuela Antonietta sentenció:

—El pan de los ricos tiene siete costras y la última costra es la más dura de todas.

Y ahí terminó la historia.

Con el buen tiempo se reanudaron los paseos con mi padre y con Elsa. También en la fábrica se organizaban salidas: Sasso di Sala, Teazzina, otros pueblos. Mi padre jamás me dio permiso para ir. Argumentaba que pasaban muchas cosas raras por ahí. Recuerdo que cierta vez nos proporcionaron tela para uniformes que representaban a la fábrica y que usaríamos en esas salidas: pollera azul tableada y camisa escocesa a cuadros blancos y celestes. La idea era estrenarlos en una próxima excursión. Consulté con Elsa y le pregunté si valía la pena confeccionar el uniforme. Me dijo:

—Hagámoslo igual, después veremos.

Llegó el día y no hubo caso, mi padre ni siquiera quiso escucharme. Tuve que quedarme en casa.

Mientras tanto, desde hacía tiempo, las calles se habían poblado de otro tipo de uniformes. Nos habíamos acostumbrado a verlos y casi formaban parte del paisaje. A partir de los ocho años los chicos entraban a formar parte de los Balillas. Recibían instrucción militar, usaban pantalón verde militar, camisa negra y casquete negro. A las dieciocho eran enrolados en los Vanguardistas, donde permanecían hasta la mayoría de edad. Entonces ingresaban en la milicia. Las chicas, desde los catorce años, integraban las Pequeñas Italianas: vestían pollera negra tableada y camisa blanca.

En la fábrica, Angela me iba informando de las novedades, sobre todo las que ocurrían en otras partes, lejos del pueblo. Supe que hubo varios intentos de asesinar a Mussolini y que salió ileso en todos los casos. Me había impresionado especialmente uno, quizá porque el que habían identificado como agresor (se llamaba Anteo Zamboni) era un chico de dieciséis años y lo habían linchado en el mismo lugar del atentado.

En voz baja, Angela comentaba:

—Se salvó otra vez, tiene la piel dura.

Nos enteramos de que se había establecido un impuesto a los hombres solteros y la noticia, durante un tiempo, fue motivo de diversión.

—Ahora sabrás si tu novio te quiere realmente —se decían unas a otras mis compañeras—, si prefiere casarse o pagar.

También bromeaban conmigo:

—Lástima que seas tan joven, oportunidades como éstas no aparecen todos los días.

—Somos seis hermanas —replicaba Angela—, nos casamos todas, sin necesidad de leyes ni de impuestos.

Al finalizar los turnos siempre había un grupo de muchachas que improvisaban algún cantito. Pasaban cerca de los obreros y les gritaban:

—¿No oyeron? ¿Qué esperan? El gobierno quiere hombres casados.

—Lo único que el gobierno quiere es que nazcan muchos niños —contestaban ellos—, y eso lo podemos solucionar ahora mismo, vengan esta tarde a pasear con nosotros por el bosque.

Las muchachas se escapaban riendo.

Quizás, en el pueblo, hubo unos cuantos perjudicados por ese impuesto, pero yo conocí solamente a uno: mi tío Ovidio, el hermano de mi padre. Era soltero, vivía solo en un par de piezas, trabajaba de zapatero. Se negó a pagar. Un día se le aparecieron dos tipos y le embargaron algunas cosas, no muchas, era poco lo que tenía. Vino a vernos, estaba furioso y era evidente que ya había pasado por la hostería. Dijo:

—Se llevaron tres ollas y dos sillas.

Se quedó hasta tarde y para seguir ahogando el disgusto se tomó un par de botellas junto con don Valentín, un viejo que vivía en la casa del otro lado del prado y que de tanto en tanto se escapaba de la mujer para que mi padre lo invitara con un vaso de vino. Don Valentín trataba de consolarlo. Le decía:

—Igual, Ovidio, hiciste buen negocio, una mujer te saldría más cara.

—No se trata de eso —contestaba mi tío—, la cuestión es la prepotencia y la humillación.

—En eso estoy de acuerdo —decía don Valentín.

Y se servían otro vaso.

—Mañana —decía Ovidio—, salgo a la puerta y pronuncio un discurso.

—Yo te acompaño —decía don Valentín.

Y volvían a servirse.

—Soy un hombre honesto, trabajé toda mi vida, tendrán que escucharme —insistía Ovidio.

—Yo te apoyo —repetía don Valentín.

—Los fascistas y los curas.

—Los curas también.

Los vimos irse tambaleantes por el sendero, bajo la luna, protestando siempre. Al llegar a la cuesta se detuvieron, ambos levantaron un brazo como desafiando al mundo y se pusieron a cantar.

También volvimos a tener noticias de Spozio, aquel que había golpeado a mi padre. Hacía tiempo que no se lo veía en el pueblo. Se supo que había estado en Genova, en Milano y en Firenze. Por alguna razón tuvo que viajar a Francia. Algunos comentaban que el mismo partido le aconsejó que se alejara una temporada porque se le había ido la mano en las agresiones contra los oponentes durante ciertos saqueos y destrucciones de granjas, casas, oficinas e imprentas. Otros opinaban que el propósito del viaje era infiltrarse entre los exiliados antifascistas y conseguir información de sus actividades. Pero eran sólo rumores y nadie sabía en realidad a qué se debía aquel traslado. Lo que parecía cierto era que se topó con un grupo de italianos, de aquellos que se habían visto obligados a cruzar la frontera, y que lo reconocieron. Las versiones acerca del encuentro también diferían. Unos afirmaban que aquella gente lo trató amablemente, argumentando que ya habían pasado los tiempos duros y que era necesario olvidar las cosas de entonces. Se decía que lo habían invitado a compartir una cena y que Spozio aceptó. Según otros, no pudo eludir la invitación porque lo obligaron a acompañarlos. Pero todos parecían coincidir en cuanto al desenlace de aquella reunión. Spozio fue llevado a una casa donde había una mesa preparada. Cada plato estaba tapado con otro invertido. Le señalaron una silla:

—Ése es tu sitio.

Cuando Spozio destapó su plato se encontró con que estaba lleno de mierda. Le dijeron:

—¿Te acordás cuando nos obligabas a beber aceite de ricino? Ahora llegó tu turno.

Le apoyaron un revólver en la cabeza:

—Comé.

Tuvo que obedecer.

Después, de acuerdo con las historias, los rastros de Spozio se perdían por una corta temporada. Finalmente regresó a Trani en muy mal estado físico, se metió en cama y ya no se levantó. Había quien aseguraba que la enfermedad era consecuencia de aquella cena. Lo real es que a los pocos meses murió. Fue un entierro importante, con banderas y banda militar. Augusto Spozio se llamaba.

VEINTIDÓS

El día que mi padre se descompuso era domingo. Fue después del almuerzo. Yo estaba afuera, hablando con dos amigas, cuando Elsa se asomó y me gritó:

—Tu padre se siente mal, hay que llamar al doctor Zanotti.

El doctor vivía en Tersaso. Me fui corriendo, sin entrar en casa, sin hacer preguntas. Para ganar tiempo dejé el camino, salté una cerca, me metí en un terreno privado y tomé por un sendero que subía entre matas de moreras. Me topé con un uniformado que venía bajando. Me interceptó y me dijo:

—¿Adónde vas, linda?

Reía. Me pareció que estaba borracho. Traté de esquivarlo, pero se corrió y me cerró el paso. Intenté por el otro lado y volvió a correrse. Jugaba, se divertía. Le dije:

—Déjeme pasar, voy a buscar al médico, mi padre está mal.

Volvió a reír y dio un paso hacia mí. Retrocedí,

123

levanté una piedra y la esgrimí amenazándolo. Yo misma me sorprendí de mi gesto. Nos miramos. Finalmente el uniformado soltó una carcajada y abrió los brazos:

—Está bien, está bien.

Avanzó y me desplacé hacia un costado. Lo miré irse. Seguía riendo. Solté la piedra y reanudé la carrera.

Me atendió la esposa de Zanotti (era una de las hijas de Terzoli, aquel que se peleaba con mi abuelo Carlo por los límites del terreno). Me dijo que el marido estaba descansando y que aguardara un momento. Entró y volvió:

—El doctor se está vistiendo, ya sale para tu casa.

Agradecí y regresé, ahora por la calle ancha. Sabía que mi hermano había ido a visitar a la novia y me desvié para avisarle. Desde la puerta le grité:

—Papá se siente mal, llamé al médico.

Seguí y cuando estaba llegando vi al doctor Zanotti que desmontaba de su bicicleta.

Esperé en la cocina, con mi hermano que apareció detrás de mí. Ese día vestía uniforme porque había tenido que concurrir a las instrucciones semanales en la Casa del Fascio. El doctor Zanotti diagnosticó pleuresía, recetó unos remedios y dijo:

—Hay que extraerle el agua de los pulmones. Sería conveniente que lo lleváramos a un hospital.

Elsa se opuso:

—Al hospital no.

Tal vez porque tenía, como muchos en esa época, el convencimiento de que en los hospitales los pacientes se morían.

—Bien —dijo el doctor—, haremos la extracción acá. Citaré a un colega para que me ayude.

Llamó al doctor Cavassi, que tenía fama de loco,

124

pero también de buen profesional. La intervención se realizó al día siguiente. Extrajeron el agua con una jeringa. Antes de irse, Cavassi habló a solas con Elsa. Le dijo:

—Seguramente se le va a formar un poco más de agua. No permita que se la saquen otra vez. Es peligroso, pueden dañarle el pulmón.

Efectivamente, pasado un tiempo, Zanotti nos comunicó que era necesario realizar otra extracción. Elsa dudó. Sin mencionar a Cavassi, preguntó:

—¿No es peligroso? ¿No hay forma de evitarlo?

—Es necesario —dijo Zanotti.

Se mostró tan seguro que Elsa terminó aceptando. Esta vez fue ella misma quien ayudó al doctor en la intervención.

Mi padre se repuso, se levantó y volvió al trabajo. Pero la mejoría no duró mucho. Comenzó a decaer, tuvo que meterse en cama nuevamente y fue peor que antes. Se ahogaba, se quejaba, gritaba. A Zanotti lo teníamos en casa todos los días. Yo me la pasaba corriendo. A veces el médico se acababa de ir y tenía que salir disparando detrás para pedirle que regresara.

A la noche, después del trabajo, entraba en aquel cuarto en penumbras y me sentaba junto a la cama. Mi padre no hablaba. Estaba pálido, consumido. Casi no lo reconocía y sólo los ojos conservaban la obstinación de otros tiempos. Ahí, mirándolo, me di cuenta de que, pese a los temores que me asaltaban a veces, siempre había considerado a mi padre como un ser indestructible. No entendía y no soportaba aquel deterioro. Salía e iba a detenerme sobre la cuesta. No pensaba, me entregaba a ese desconcierto nuevo y nada me parecía verdadero. Abajo, por la calle, pasaba la luz de alguna bicicleta. Seguía la trayectoria hasta que se perdía y después volvía a sondear la oscuridad. Elsa me llamaba y por el tono de voz sabía si era para que entrara o para que fuera a buscar al médico una vez más.

Una tarde, al regresar de la fábrica, encontré a Elsa esperándome en la puerta. Me dijo:

—Me parece que está muy mal.

Entré en el dormitorio y cuando mi padre me vio quiso hablar, pero no pudo. Me dirigió una mirada desesperada y sentí que se estaba despidiendo, que me estaba diciendo: "Tengo que dejarte, no te veré más." Después cerró los ojos. Murió esa misma noche. Fue el 23 de agosto de 1929. Tenía cuarenta y cinco años.

Al día siguiente vino Terzaghi, el dueño de la fábrica donde mi padre había trabajado. Habló con Elsa y conmigo, dijo:

—No se preocupen por los gastos, yo me hago cargo.

Dijo también:

—Nuestra empresa perdió su mano derecha.

Hubo problemas con el entierro. Nuestra casa estaba ubicada en el límite entre Trani y Tersaso. Los curas de ambas parroquias reclamaban el derecho a realizar el funeral, cada uno quería llevar a mi padre a su cementerio. Sé que fue una discusión bastante dura. Nosotros preferíamos el cementerio de Trani. Elsa estaba dolorida y furiosa. Decía:

—Se lo disputan como perros.

Finalmente, alguien, probablemente Terzaghi, pagó cierto importe al cura de Tersaso para que abandonara la contienda y se llegó a un acuerdo. De todos modos los de Tersaso vinieron hasta casa, el cura impartió la bendición, acompañaron el féretro un trecho que no sería mayor de doscientos metros (supongo que hasta el límite que consideraban su territorio) y se retiraron. Allí esperaban los de Trani, que se hicieron cargo de la segunda parte del funeral.

El féretro iba en un carro tirado por caballos y nosotros lo seguíamos a pie. Me asombró la cantidad de gente que había acudido. Personas a las que nunca había visto se acercaban para darnos el pésame y elogiar a mi padre.

Cuando regresamos, al subir por el sendero, me detuve a mirar las cosas de siempre, el nogal, las vides, el patio, y pensé que sin mi padre nada sería lo mismo, ni el mundo ni yo.

Sin embargo, un par de días después me levanté a la hora acostumbrada, fui a la fábrica y ocupé mi puesto delante de los telares. Así al día siguiente y al otro. Entonces, con estupor, con desazón, supe que, salvo aquel vacío en la casa, en realidad todo seguía igual.

Una semana más tarde, en la calle, Elsa y yo nos cruzamos con el doctor Cavassi. No estaba enterado de lo ocurrido y preguntó:

–¿Cómo sigue su marido?

Cuando Elsa le contó se puso furioso:

–Lo mataron. Le avisé que no debían volver a tocarlo.

Ya se estaba yendo, se dio vuelta y gritó:

–Un hombre tan fuerte no debía morir. Lo mataron.

Tal vez tuviese razón. Vaya a saber. Lo cierto es que mi padre había muerto. La casa estaba terminada. Tenía tres habitaciones en la planta baja, tres en la planta alta, un balcón todo a lo largo del frente, un sótano y un altillo.

VEINTITRÉS

Después de la muerte de mi padre, transcurrido el período de luto, comencé a concurrir a algunos bailes. En el pueblo había un restaurante que se llamaba Fantoli, tenía un gran salón y allí se bailaba por la tarde. La orquesta estaba arriba, en un palco. Cuando la reunión era nocturna me acompañaba Elsa. Generalmente iba con dos amigas, Lucía y Carla. Pasaban a buscarme, perdíamos algunos minutos frente al espejo y después partíamos con paso rápido por la calle ancha. Cada vez era una aventura y cuando llegábamos nos sentábamos en las sillas ubicadas alrededor del salón y esperábamos, divertidas, impacientes e ilusionadas. Teníamos nuestro lenguaje secreto, nos entendíamos con las miradas, conteníamos la risa y nos poníamos muy serias cuando algún muchacho se nos acercaba. Había pasado tiempo desde aquellas primeras lecciones en la hostería y ahora me animaba a cualquier ritmo: vals, polka, pasodoble. Deslizarse, girar alrededor del salón iluminado, dejarse llevar por la música, eran sensaciones placenteras y nuevas, era un vértigo. También la cercanía del cuerpo del desconocido de turno, las preguntas y las respuestas convencionales, los silencios, eran descubrimientos.

–¿Qué te dijo? –me preguntaban Carla y Lucía en voz baja cuando regresaba a mi silla.

Nos contábamos mutuamente y volvíamos a contener la risa, mirando de reojo hacia donde estaban los hombres. La orquesta atacaba de nuevo y, sin dejar de conversar, volvíamos a ponernos alerta.

–Ahí viene otra vez –murmuraba alguna moviendo apenas los labios.

Mi abuela Antonietta no se cansaba de darme consejos, de recomendarme que tuviera cuidado, porque podían drogarme, raptarme y después llevarme quién sabe dónde, a otros países, a Oriente. Se contaban muchas historias y ella recordaba especialmente el caso de una chica –ocurrido hacía años, cuando era joven– que había sido encontrada muerta a orillas del lago, violada:

–Sobre el cuerpo le habían colocado un cartel que decía: Viva la virginidad.

–Eran otros tiempos –le decía.

–Todos los tiempos son iguales, los hombres no cambian. Si alguno te ofrece caramelos no los comas, es peligroso. Acéptalos para no despreciárselos, pero no los comas.

Uno de esos domingos me tocó bailar con un tipo al que nunca había visto. Era alto, usaba bigote fino y se movía erguido, mirando fijo por sobre mi cabeza. Seguramente no era de Trani. Me intimidaba un poco. Lo primero que me dijo fue:

–¿Quiere un caramelo?

Inmediatamente me acordé de mi abuela. Acepté el caramelo y lo guardé. Volvió a sacarme en la pieza siguiente:

–¿Quiere otro?

Bailé unas cuantas veces con él y al final de la tarde tenía el bolsillo lleno.

Al regresar a casa le dije a mi abuela:

–En el baile me dieron caramelos.

–¿Los comiste?

–No, acá los tengo. ¿Querés probarlos?

–Está bien –dijo ella–, voy a probar uno.

Lo desenvolvió, se lo puso en la boca y lo saboreó.

–Rico –comentó.

Sentada frente a ella, yo la miraba esperando novedades.

–¿Otro? –pregunté.

Lo acepté.

–Son buenos –dijo.

Poco a poco, siempre hablando de los bailes, las drogas, los hombres, los peligros, Antonietta terminó con los caramelos.

–¿Te sentís bien? –pregunté.

–Bien –me contestó.

El domingo siguiente les conté a Lucía y a Carla la historia de los caramelos y durante el trayecto al Fantoli bromeamos largo sobre el asunto. Lo recuerdo porque fue esa tarde cuando me sacó a bailar el violinista de la orquesta. El violinista me gustaba desde la primera ida al Fantoli. Lo miraba –sentada en mi silla o bailando– y deseaba que alguna vez abandonara el palco y viniera a invitarme.

Faltando pocas piezas para que terminara la reunión bajó, cruzó el salón y se me acercó. Bailamos juntos hasta el final. Se llamaba Bruno, igual que el gigante de la muleta. A diferencia de algunos otros, era serio, educado y pedía permiso para todo. Cuando propuso acompañarnos, a mis amigas y a mí, de regreso a casa, sentí que el corazón me daba un vuelco.

Lucía y Carla iban adelante. Bruno y yo unos metros atrás. Me contó de su pasión por el violín, de sus proyectos. Me dijo que me había estado observando desde mi primera aparición en el salón de baile, que hacía tiempo deseaba bajar para hablarme, pero que su trabajo en la orquesta se lo impedía. Ese día había arreglado con sus compañeros para que tocaran las últimas piezas sin él.

Yo lo escuchaba, miraba las espaldas de mis amigas allá adelante, miraba el paisaje de siempre, y deseaba que ese trayecto no terminara nunca. Era un placer ir demorando la marcha en esa última hora de la tarde. Nos detuvimos un trecho antes de llegar. Al despedirnos, Bruno me pidió encontrarnos al día siguiente. Le sugerí que pasara por casa, después de mi trabajo.

Esa noche hablé con Elsa. Le dije:

—Conocí a un muchacho. Quedamos en que mañana pasa a verme.

Elsa hizo un par de preguntas y me aclaró:

—Se ven en la puerta.

Bruno apareció a la hora acordada. Yo ya lo estaba esperando apoyada contra el marco. Nos sentamos en el banco de piedra. Me parecía extraño que alguien venido desde afuera, desde otra gente y otro ámbito, estuviese ahí conmigo, en el patio de mi casa, formando parte de ella. Pero esa sensación seguramente sólo me asaltó el primer día. Rápidamente integré a Bruno a aquel mundo mío.

Tenía mi misma edad, unos meses menos. No hablaba mucho. Descubrí que era tímido. A veces cortaba una rama o tomaba un palo y escribía en la tierra del patio, frente a nuestros pies. Eran preguntas, confesiones, elogios. Despúes borraba con la suela del zapato y me pasaba el palo para que contestara. Yo escribía cosas como: "Bruno exagera, es un mentiroso". O: "Yo también". Borraba a mi vez y le indicaba que era su turno. De esta manera íbamos dialogando. Parecía más fácil decirnos cosas mediante ese juego.

Desde adentro, Elsa, seguramente intrigada por los largos silencios, de tanto en tanto me llamaba:

—Agata.

—Acá estoy —le contestaba.

Aquellos encuentros con Bruno duraron un par de meses. Los domingos nos veíamos en el Fantoli. Bailaba si me sacaban o permanecía sentada esperando las piezas finales en las que Bruno podía abandonar la orquesta.

Un lunes no apareció por casa. Tampoco vino el martes, ni el miércoles. Me asomaba a la puerta, iba a cada rato hasta el extremo del patio, con la esperanza de verlo subir por la calle ancha. El domingo fui al baile con mis amigas: no estaba en el palco de la orquesta. Comenzó otra semana y una nueva espera. Sentada en el banco miraba el suelo y trataba de recordar todas las frases que Bruno había escrito en esa tierra.

Sabía dónde vivía y al salir de la fábrica me desviaba para pasar cerca de su casa (si habré echado miradas hacia esa puerta). Lucía y Carla venían a verme y comentaban sobre aquella desaparición. Las escuchaba y casi no intervenía en la charla.

—Seguramente se fueron del pueblo —decía una.

—Debió avisar —decía la otra—, esas cosas no se hacen.

—Hablamos con un compañero de la orquesta. Tampoco saben nada. Un día dejó de ir.

—Le pregunté a unos vecinos. La casa está cerrada, pero nadie los vio marcharse.

—¿Nunca te comentó sobre algún viaje, algún problema?

Yo me limitaba a negar o a asentir con la cabeza, a encogerme de hombros. Tenía mi propia pregunta y era confusa. Era como una cambiante nube de humo a través de la cual no se insinuaban respuestas sino más y más interrogantes. Había noches en que me iba a la cama deseando que a la mañana siguiente me despertase liberada de aquella idea fija.

También Elsa me preguntó:

—¿Y el violinista?

—No sé —le contesté—, no lo vi más.

Y me alejé, porque tampoco con ella quería hablar del tema. Me causaba cierto pudor, como si en mi pena hubiese algo que debía ser ocultado.

En esos días hicimos un corto viaje hasta Rapallo, donde vivía una amiga de Elsa que acababa de tener familia. Salimos temprano y tomamos el trencito. Rapallo era un pueblo de pocas casas, metido en el fondo de un valle por donde pasaba la ruta. Detrás de las casas se elevaba un cerro solitario y puntiagudo, una aguja de roca. Después del almuerzo, con dos muchachas de mi edad, trepamos hasta la cima por el único costado accesible. Había un sendero escarpado y a veces era necesario ayudarse con las manos. Arriba me encontré con una pequeña capilla. Se veían otros pueblos y, uniéndolos, el camino blanco que acompañaba las curvas de un río. Las dos muchachas, asomándose al vacío, trataron de mostrarme una gran roca lisa, unos metros más abajo de la cima. Me contaron una leyenda de la región: los enamorados que lograran llegar hasta esa roca y esculpir sus nombres, uno junto al otro, jamás verían declinar su amor, ni en la vida ni en la muerte. Sus abuelas contaban que hacía muchos años dos adolescentes subieron hasta allá y se descolgaron por ese costado de la ladera. Pero sólo lograron escribir uno de los nombres. Después algo pasó. Seguramente perdieron pie, cayeron y murieron. Encontraron los cuerpos abajo, uno cruzado sobre el otro. Y la inscripción había quedado incompleta para siempre.

Aquella historia me persiguió durante el resto de la jornada. Pensaba en ella y en Bruno. Llegamos a casa cuando ya era de noche y me acosté sin cenar porque me sentía mal. Amanecí con fiebre muy alta. Permanecí en cama varios días. Tuve un sueño. No sé si fue en la primera noche o en las siguientes. Me quedó la impresión de que el mismo sueño se había reiterado a lo largo de la enfermedad. O tal vez lo fui reviviendo en el delirio de la fiebre. Me soñé trepando trabajosamente por aquel sendero, hacia la cima del cerro. Lograba alcanzar la cumbre. Sosteniéndome de los arbustos, me descolgaba por aquella pared y me enfrentaba con la gran roca lisa que ostentaba un solo nombre. Entonces, allá arriba, colgada en el vacío, para que el amor perdurara, para que no muriera, golpeaba la piedra, grababa, esculpía el nombre faltante.

Cuando dejé la cama y volví al trabajo, las imágenes del sueño me siguieron acompañando. Las tenía ante mí a toda hora y eran como el alimento de una obcecada esperanza. Pero el violinista no volvió.

VEINTICUATRO

AL MORIR MI PADRE la casa pasó a ser propiedad de mi hermano y mía. Me parecía extraño, no me acostumbraba a la idea de que aquellas paredes entre las que había crecido, en las que me había cobijado, quedaran ahora, por lo menos en parte, bajo mi responsabilidad. Y no podía darme cuenta si eso era bueno o malo. Intuía que en cierto modo, por primera vez, me veía obligada a mirar la casa desde afuera. Como si, curiosamente, al heredar, al convertirme en propietaria, algún valor se hubiese invertido, como si el poseerla me condenara también a una misteriosa forma de exclusión.

De todos modos, siendo menor de edad, me nombraron un tutor: el dueño de una fábrica de gas para cuya familia Elsa había cosido mucho tiempo. Se llamaba Biasetti. Era un hombre gordo, educado y de pocas palabras, que inmediatamente me inspiró respeto y confianza.

Un mediodía mi abuela Antonietta se metió en la cama. Me llamó y me pidió medio vaso de vino. Lo tomó.

—Voy a dormir un poco —dijo.

Al atardecer creímos que seguía durmiendo, pero había dejado de vivir.

Pensé que, al quedar solos, finalmente la relación entre mi hermano y Elsa mejoraría. Pero no fue así. Más bien empeoró. La ausencia de mi padre liberó a Carlo de toda obligación. Dejó de aportar dinero para los gastos y ya era como si no viviera con nosotros. Su tiempo libre lo pasaba con la novia o con los amigos. Un día anunció que se casaría. Necesitaba plata y habló con Elsa. Ella tenía unos ahorros y le compró su parte de la casa. Carlo alquiló dos habitaciones en el pueblo y se casó. Con hogar propio y mujer siguió haciendo vida de soltero. Las cosas anduvieron mal de entrada, y las quejas y las noticias de peleas no tardaron en llegar. Caterina, la esposa, venía a visitarnos y se desahogaba. Con el tiempo se fue acostumbrando y, cuando finalmente quedó embarazada, las trasnochadas de Carlo parecieron importarle cada vez menos.

La fábrica donde estaba mi hermano cerró y esto añadió un problema más a los que ya tenían. Carlo no conseguía trabajo en ningún lado porque no estaba afiliado al partido fascista. Anduvo dando vueltas. El dinero que Elsa le había dado se esfumó rápido. Por fin decidió afiliarse. Pero no le dieron un empleo. A la semana lo citaron, lo alistaron y lo mandaron a África, a Etiopía, a la guerra. Fuimos a despedirlo. No era un grupo numeroso el que se iba. Creo que para la mayoría aquella partida había comenzado con la promesa de trabajo. Pese a todo cantaban con entusiasmo *Faccetta nera*. El único que no cantaba era mi hermano.

Después de un tiempo comenzaron a llegar cartas lacónicas y espaciadas en las que Carlo nos contaba algunas rarezas de aquellas tierras. También recibimos una foto suya. Estaba con la camisa negra arremangada, la gorra echada sobre una oreja, parado con los brazos en jarra, en un terreno de pastos secos. Miraba desafiante hacia la cámara, con un esbozo de sonrisa y el ceño fruncido seguramente por el sol fuerte. Se lo veía orgulloso. Había una hilera de árboles atrás. Yo estudiaba los detalles que lo rodeaban, hubiese querido que aquella foto fuese más amplia, que la vegetación no tapara el horizonte para poder percibir más cosas de aquel país extraño. Lo poco que aparecía no era muy diferente de lo que veía al mirar por la ventana de mi casa.

Todos nos fuimos familiarizando con nombres que hasta entonces no nos hubiesen dicho nada: el Negus, Adua, Addis Abeba. En esos días, mujeres y hombres ofrendaron sus alianzas de oro y recibieron a cambio otras de un metal sin valor. La reina dio el ejemplo al entregar la suya y la del rey. También había quien se desprendía de cadenas, aros, medallas. Hubo por lo menos un par de situaciones en el pueblo que nos divirtieron y durante algunos días ocuparon las charlas en la fábrica. Después de muchos años, algunos venían a descubrir, en el momento de la ofrenda, que cierto regalo donado en su oportunidad por el padrino, por el tío, por un pariente, no era de oro. Nos enteramos de reyertas familiares y rupturas de amistades.

Al parecer el ejército italiano iba sumando victorias. En la fábrica era Angela la que me mantenía al tanto de las novedades de aquella guerra. Cuando salíamos del trabajo y recorríamos un trecho juntas me señalaba frases de Mussolini escritas sobre los muros de las casas. Recuerdo algunas: "En la historia nada se obtiene sin derramamiento de sangre"

"Quien tiene plomo tiene pan". Eran frases que trataba de entender y no entendía. Angela se limitaba a mostrármelas y no hacía comentarios. Sólo decía:

—¿Qué te parece?

Yo sacudía la cabeza y, tal vez para ocultar mi ignorancia y confusión, no le pedía aclaraciones. Había una de aquellas leyendas que me llamaba especialmente la atención. La enfrentábamos todos los días porque estaba escrita en grandes letras a lo largo de un paredón que corría frente a la fábrica: "La guerra es al hombre como la maternidad a la mujer".

—Pobres de nosotros —dijo Angela la primera vez que la vimos.

Leía aquellas frases, oía tramos de discursos y pensaba en mi hermano. No lograba imaginármelo convertido en un héroe, matando enemigos y avanzando sobre las tierras conquistadas. De todos modos Carlo no terminó aquella campaña. Enfermó y supimos que había sido repatriado. Pero no lo trajeron a Trani. Estuvo internado en dos hospitales, en ciudades del sur. Finalmente lo enviaron a casa. Recuerdo que su llegada coincidió con el final de la guerra. En las calles había gran euforia y en la fábrica nuevamente nos tocó soportar, uno tras otro, discursos entusiastas, llenos de grandes palabras. Mientras los escuchaba y en la radio estallaban los aplausos, dirigía miradas hacia los telares de Angela para ver qué cara ponía.

De lo que en realidad hablaba mi hermano todo el tiempo era de atrocidades, de emboscadas, de que los abisinios, cuando capturaban a un soldado italiano, lo castraban y lo decapitaban y paseaban su cabeza como señal de triunfo. Al parecer no había traído de África otras imágenes que ésas. Nos veíamos en su casa, en la de parientes o conocidos. Siempre había alguien que todavía no lo había escuchado. Entonces, después de echar a los chicos, le pedían:

—Carlo, contá aquello de la guerra.

Yo prestaba atención esperando que surgiesen detalles nuevos. Pero Carlo se repetía como si estuviese recitando, utilizando invariablemente las mismas palabras y los mismos gestos. De todos modos fue perfeccionando el estilo, colocando pausas y modulando la voz. Lo que sí cambiaba, entre una y otra versión, era el número de víctimas y la variedad de las mutilaciones. Me pareció que disfrutaba al ver horrorizarse a las mujeres.

—Virgen santa —exclamaban santiguándose—. ¿Vos viste eso?

Carlo no contestaba. En el siguiente encuentro había mayor cantidad de sangre y de decapitados. Es probable que el vino tuviese una influencia importante en las cifras. Llegó un momento en que tanto nosotros, como seguramente también él, nos cansamos de aquellas historias reiteradas y ya no se volvió a hablar del tema. Gracias a su condición de ex combatiente consiguió rápidamente trabajo.

VEINTICINCO

Después nuevamente me tocó vivir una época dura. Elsa enfermó y lo suyo era grave: cáncer de pecho. También ella, como mi madre, como mi padre, terminó atada a aquella cama, en el mismo cuarto. Cuando me sentaba a su lado sentía que había vivido esa situación muchas veces, y en ciertos momentos me preguntaba si aquel ritual no sería algo a lo cual estaba destinada, si no debería aceptarlo como una suerte de fatalidad.

En la fábrica habían modernizado los telares y ahora, en lugar de dos, cada obrera se hacía cargo de ocho. Al mediodía, apenas comenzaba a sonar la sirena, salía disparando hacia casa, atendía a Elsa, le preparaba la comida, limpiaba, y de vuelta corriendo al trabajo. Estábamos solas. Con mi hermano no podía contar. El hermano de Elsa, el cochero, aparecía muy de tanto en tanto. Sólo alguna vecina se ofrecía a prestar ayuda y se quedaba un rato con Elsa durante mi ausencia.

Yo casi no comía, entre otras cosas, creo, por falta

de tiempo. Dormía poco, sobre todo en la última época de la enfermedad. Debía levantarme a cada rato porque Elsa se quejaba mucho. El médico que venía de vez en cuando me preguntó si quería aprender a aplicar inyecciones. Me enseñó en una sola oportunidad y a partir de ese momento tuve que encargarme también de eso. Muchas veces le pedí al director que me concediera una licencia. Me hacía anunciar, entraba en su oficina y formulaba el mismo pedido:

—Mi madre está peor, necesito quedarme en casa una semana.

Nunca logré que me otorgara ese permiso. Me decía que no, que no se podía, que si faltaba podía perder mi puesto. A veces me animaba y faltaba lo mismo. Nunca más de un día. A la mañana siguiente el director me mandaba llamar:

—Ayer faltaste.

Le explicaba, le exponía razones que él ya conocía de sobra. No servía de nada, lo único que conseguía era que reiterara las amenazas.

Era la época de la crecida de los ríos. Me escapaba a veces hasta la costa del San Giorgio y me quedaba ahí, sentada en una piedra, los ojos fijos en la correntada. Siempre lo había hecho. Me gustaba pasar el tiempo en lo alto de la cuesta, sobre todo cuando el río desbordaba y pasaban veloces árboles y animales ahogados. Hasta arriba llegaba el tronar del agua. Me cautivaba esa masa ruidosa, cambiante y sin embargo siempre igual, llena de saltos, remolinos, espuma y violencia. Cuando el río se aquietara, cuando volviera a su cauce normal —así ocurría cada año—, las orillas presentarían una nueva geografía, modificaciones imperceptibles para otros, pero claras para mí; rocas cambiadas de lugar, remansos nuevos, vados que habían dejado de existir. Cada vez me preguntaba cómo sería el río después de la última crecida, y la premonición de aquellas variaciones me producía un malestar anticipado, como si se tratase de pérdidas, de costumbres traicionadas. Este año también sería así. Pero ahora no me importaba. Era otra historia, eran otras inquietudes las que me mantenían sentada allá arriba. De cualquier manera, con los remolinos, con la espuma, con el sonido del agua, podía ocurrir que el tiempo se detuviera y yo me abandonara a una suerte de inconsciencia que momentáneamente me arrancaba de todo.

Había llovido fuerte durante varios días y una tarde de domingo volví a encaminarme hacia la orilla. Me detuve sobre la cuesta, en el sitio acostumbrado. El río había desbordado aun más y allá abajo, antes de la curva, el agua arañaba la panza del puente que llevaba a la casa de mi abuela Agata. De vez en cuando pasaba alguien por el camino que surcaba la loma, sobre la orilla de enfrente: una bicicleta, un carro. De este lado, un hombre juntaba ramas y pequeños troncos traídos por la corriente y los iba apilando lejos del agua. Eran figuras fantasmales, sin consistencia, desdibujadas en esa especie de estupor que se establecía entre el fragor del río y el silencio de las montañas.

A mi derecha, una silueta solitaria y encorvada bajaba entre las piedras y los arbustos. Creí reconocerla y eso me arrancó de la apatía. Tardé en descubrir que se trataba del viejo Mulín. Lo último que sabía de él era, después del intento de degollarse, su internación en un hospicio de Tusa. Tusa quedaba pasando Verbano y me pregunté cómo habría llegado hasta ahí. Me dije que seguramente se había escapado. De todos modos, desde aquella historia del cuchillo habían pasado muchos años y mi asombro mayor fue constatar que todavía seguía vivo. Pese al terreno accidentado y resbaladizo se movía con resolución y llegó rápidamente hasta la orilla. Se detuvo sobre el agua y permaneció ahí, como dudando. En la claridad de la tarde también él era un fantasma, una cosa pequeña y oscura, no más importante que las ramas retorcidas traídas por el río. Me levanté y comencé a bajar despacio, sin perderlo de vista. El Mulín mientras tanto se desplazaba adelante y atrás, daba un par de pasos hacia el agua y luego retrocedía. Realizó ese corto trayecto cuatro o cinco veces. Finalmente saltó. En realidad no fue un salto: se dejó ir hacia adelante sin mover los pies y cayó como un muñeco. El cuerpo desapareció y volvió a emerger unos metros más allá. La correntada, sin apartarlo de la orilla, se lo llevó rápidamente. Pero ya no volvió a hundirse, se alejaba veloz y flotaba con la liviandad de un corcho.

Creo que grité. El estruendo del agua cubría todo. Cincuenta metros más abajo, el hombre que juntaba leña había advertido la maniobra del viejo y se preparó. Cuando el Mulín estuvo por pasar cerca de él le arrojó una larga rama, mientras seguía sujetando un extremo. El viejo la abrazó y la misma fuerza de la corriente lo empujó contra las rocas. Vi al hombre correrse a lo largo de la rama, sin soltarla, y después inclinarse sobre el Mulín. Ahora yo bajaba a los saltos, resbalé, caí y se me perdieron los últimos detalles del rescate. Cuando llegué, el Mulín estaba sentado en el pasto, chorreando agua. Miraba el suelo y murmuraba:

—Y ahora que no me maté, ¿qué hago?

Apareció alguien más, otro hombre, que había

observado la escena desde arriba. Entre los dos levantaron al viejo y se lo llevaron. Mientras se iban oí que el Mulín repetía:

—Y ahora que no me maté, ¿qué hago?

No subí con ellos. Me quedé sola con mi desconcierto, mirando la espuma rabiosa que ahora casi me lamía los pies. Me esforzaba por entender y tal vez no hubiese nada que entender. Había visto a un viejo elegir morir y arrepentirse después. Todo en cuestión de segundos. Intentaba relacionar este drama fugaz con el que me tocaba vivir. Pensaba en el Mulín, que había tratado de quitarse la vida tres veces sin lograrlo, y pensaba en Elsa postrada en aquella cama. Pero nada estaba claro. En el movimiento del agua que pasaba y pasaba se diluía toda posibilidad de comprensión.

VEINTISÉIS

La muerte de elsa me sorprendió en tal estado de confusión mental y agotamiento físico que casi no experimenté dolor. Iba, venía, realizaba mecánicamente las tareas de la fábrica y de la casa. Hablaba con la gente solamente lo indispensable, no prestaba atención a lo que me decían. Me preguntaba: ¿y si todo fuese un sueño? En efecto, vivía en una especie de sueño, el cuerpo había dejado de pesarme y era como si no me perteneciera.

No sé qué hubiese hecho sin la ayuda de Biasetti, mi tutor. Fue él quien acudió y se hizo cargo de todos los trámites. Su esposa, cuando me vio, el día del entierro, me dijo:

—Tenés que empezar a cuidarte, produce más miedo tu cara que la de Elsa muerta.

Alguna compañera de trabajo se me acercaba y preguntaba:

—¿Cómo estás?

—Bien —contestaba—, estoy bien.

Con el ritmo de los telares seguía repitiéndome

mentalmente: "Bien, estoy bien". Al mismo tiempo, algo en mí me reprochaba lo que, confusamente, se me aparecía como insensibilidad. Pero aun para sentirme culpable carecía de fuerza. Todo, emociones y voces, se esfumaban en la misma bruma.

Angela, como solía hacerlo, intentaba hablarme de las cosas que sucedían en nuestro pueblo y más allá, en las ciudades, en el mundo. Yo asentía moviendo la cabeza y mirándola fijo. Angela terminaba callando.

Algunos días después de la muerte de Elsa, tal vez por sugerencia de la encargada, tal vez debido también a la intervención de algunas compañeras, el director accedió finalmente a otorgarme una breve licencia. Entonces pude descansar un poco. Dormía, trataba de adaptarme a las habitaciones vacías. Ordené la casa, acomodé la ropa, guardé lo que ya no se usaría, miré una por una las fotos de aquellos que ya no estaban. Llamé al albañil que solía ayudar a mi padre para que le diera una mano de cal a las paredes de las habitaciones. También le pedí que limpiara el terreno. Hizo una pila de ramas y hojas secas. Al atardecer le prendí fuego. Me quedé ahí, acuclillada, mientras aquello ardía y alrededor iba oscureciendo. Miraba la llama y era como mirar el río crecido desde lo alto de la cuesta. La misma pausa, el mismo sentimiento de abandono, de entrega y tal vez de reverencia. Cuando la fogata se extinguió, entré en la casa, me detuve delante del espejo y pensé: "Ahora estoy sola".

Inmediatamente surgió un problema que durante un tiempo me tuvo a los saltos. Antes de morir, Elsa había querido que su parte de la casa quedara para mí. Así que, siempre con la ayuda de mi tutor, se había realizado una venta falsa a mi nombre. El hermano de Elsa, el cochero, cuando se enteró de que no le correspondería nada se puso furioso. Comenzó a perseguirme. Aunque no personalmente. Una sola vez vino a hablarme, pero estaba tan descontrolado que me asusté, cerré la puerta con llave y lo dejé gritando solo en el patio. Iba y venía de un extremo al otro, amenazaba, insultaba. Yo lo escuchaba desde adentro, detrás de la ventana, temblaba, trataba de espiar a través de los visillos, no me atrevía a moverme. Finalmente lo oí marcharse.

A partir de ahí comenzó a aparecer un sujeto enviado por él, que no era abogado, pero sabía de leyes y hablaba mucho. Venía dos o tres veces por semana. Vaya a saber qué esperaban lograr con ese acoso, tal vez intimidarme, asustarme, convencerme de que debía ceder una parte de la propiedad. Me lo encontraba después de la jornada de trabajo, parado en el sendero. Era alto y grueso, pelo rizado y rubio. Aquella presencia cerrándome el acceso a casa me obsesionaba. Pensaba en eso durante el día y al regresar de la fábrica daba rodeos, cambiaba de recorrido, espiaba desde la calle ancha o desde la callecita que pasaba al fondo del terreno. Si el camino estaba libre emprendía una carrera y no me sentía segura hasta abrir la puerta y volver a cerrarla. Si lo veía, en cambio, retrocedía, me quedaba dando vueltas por ahí o me iba a casa de Carla.

Cuando yo no estaba, el rubio hablaba con Aneta, una señora que en ese momento alquilaba una de las habitaciones. La entretenía con largos discursos llenos de términos legales y amenazas veladas. Aneta, al verme llegar, venía a mi encuentro y me avisaba:

—Estuvo otra vez el tipo ése, dijo que volvería, no te dejes ver, quedate con alguna amiga.

Entonces yo cruzaba el puente y me iba a dormir

a la casa de mi abuela Agata, del otro lado del río. Pasado un tiempo, seguramente convencidos de que no lograrían nada, el cochero y el rubio me dejaron tranquila.

Y así llegó también el momento en que fui a sentarme bajo el nogal y me puse a mirar la casa y el terreno con otros ojos. Recuerdo cierto mediodía. Regresé del trabajo y no entré a almorzar. Crucé el patio y caminé directamente hacia el fondo, apoyé la nuca en el tronco y me quedé ahí. Era como haber acudido a una cita. Sentí que era una cita muy postergada. Dejé que la hora me envolviera. Miraba y esperaba. De algún modo, seguramente estaba tratando de realizar un balance, pero no lo sabía. Veía las hileras de vides, un par de sábanas tendidas, la carretilla bajo el cerezo, la pala, la zapa, el rastrillo contra la pared blanca de la casa. Eran imágenes firmes, amables y duraderas. Imágenes que me habían sido legadas como una herencia, pero que ahora también se me convertían en una prueba. Me pregunté, sin saber todavía exactamente a qué estaba aludiendo, si aquella carga no sería demasiado pesada para mí, si tendría capacidad para sostener lo que se venía manteniendo desde hacía tantos años. De todos modos, la evidencia de aquella responsabilidad no me perturbó. Seguía indagando con la mirada e indagaba en mi cabeza, en la memoria, esperaba confiada como se espera una revelación. Me llegaban a oleadas sensaciones viejas, volvía a tomar conciencia de ciertos límites, amenazas reales o inventadas, miedos que nunca había podido nombrar, a los que no había podido individualizar, experimentados muy temprano, allá lejos en la niñez, vueltos a encontrar después con el correr del tiempo. Me pregunté si también ahora estarían ace-

chándome desde alguna parte. Recordé claramente
que ahí, del otro lado del alambrado, me había
enfrentado con aquel caballo desbocado, hacía tantos
años, cuando mi madre todavía vivía. Recordé la
carrera y la búsqueda de refugio. Y con el recuerdo
reviví aquel estremecimiento. Ahora no había dónde
correr, pero comprendí que no me importaba.

Por el camino pasó un rebaño de ovejas empu-
jadas por un muchacho. Una de las ovejas llevaba
cencerro. Aquel sonido me arrancó de mis fantasías.
Presté atención durante un rato, hasta que se extinguió. Cuando volvió el silencio fue como si hubiese transcurrido mucho tiempo. El campanilleo
había limpiado aun más el aire y también mi imaginación. Era la época en que las golondrinas, como
ocurría cada año, se reunían sobre los cables de
electricidad antes de emigrar. Me abandoné observando aquellas negras hileras inquietas. También
ésa era una señal reconocible. Desde donde estaba
no podía ver el lago. Pero veía el cielo, algunas
nubes, y me dije que esas nubes y ese cielo se
reflejaban en el lago. Pensé en los últimos meses, y
más atrás, en todos los años que habían pasado, en
la importancia de esos años. Pensé en el empeño de
mi padre por terminar de levantar aquellas paredes.
Pensé en mi madre y en Elsa. Me sentí en paz. En la
luz, en los perfumes, en las imágenes de las laderas
esparcidas de casas aisladas, volvía a encontrar un
sabor que me era familiar, que de alguna manera
misteriosa me justificaba. Supe que, de las presencias que me habían acompañado, en las que me
había apoyado, no me quedaba solamente aquello
que en ese mediodía podía ver y tocar. Había cosas
que no hubiese podido nombrar, pero que estaban
ahí. Cosas que todavía me seguían formando y

contribuían a calmarme y a otorgarme fuerza. Entonces me dije que todo era más simple de lo que había imaginado siempre. Y que quizá sólo hiciera falta mantenerme alerta, conservar el equilibrio que ese día me estaba sugiriendo, insistir en viejas costumbres, formas de vida que nadie me había explicado jamás, pero de cuyos ejemplos, algunas veces evidentes, otras intuidos, mi memoria estaba llena. Que tal vez bastara con sentarse bajo el nogal de tanto en tanto, y permitir que esas voces llegaran hasta mí, y dejarme llevar.

La sirena sacudió el aire y me avisó que era hora de regresar a la fábrica.

VEINTISIETE

En esos días aneta se fue a vivir con una hermana que acababa de enviudar y le alquilé las tres habitaciones de arriba a un matrimonio. Él, Roberto, un milanés robusto, con calvicie prematura, era mecánico. Tenía una voz potente y cantaba trozos de óperas en el balcón. Había viajado un poco, se hacía el importante, veía con buenos ojos todo lo que realizaba el gobierno y se encargaba de que los demás se enteraran de sus opiniones. Miraba fijo a los ojos, con prepotencia, como desafiando a que lo contradijeran. No me caía bien y trataba de evitarlo. La esposa se llamaba Rineta, una mujercita movediza y conversadora, que trabajaba en la fábrica textil. Al poco tiempo, Rineta trajo también a un hermano suyo, bastante menor que ella. Venían de una aldea de montaña, en el Veneto. El hermano, Mario, de mi edad, andaba buscando trabajo. Tenía la frente ancha, la nariz recta y cuando estaba preocupado se mordía el costado derecho del labio inferior. Nos cruzábamos todos los días, nos saludábamos. Una tarde nos encontramos en la calle, subiendo hacia casa, y caminamos un trecho juntos. Le pregunté cómo andaban sus cosas, si había conseguido algo.

—Todavía nada —me contestó—. Es difícil. Si no me inscribo al partido no me toman en ningún lado.

—Conozco bien esa historia —dije—, a mi hermano le pasó lo mismo.

Me miró interesado:

—¿Cómo se las arregló?

—Tuvo que aceptar, pero cuando finalmente se inscribió lo mandaron a pelear a África.

Mario sacudió la cabeza negativamente, cortó la rama de un arbusto y fustigó los mechones de pasto que crecían al costado del camino:

—A mí nadie.me manda a ninguna guerra.

—Ellos ordenan y uno tiene que obedecer.

Volvió a sacudir la cabeza:

—No.

Lo dijo con calma, seguro, como si hubiese meditado largo sobre el asunto. Me gustó aquel tono de determinación. Lo miré de reojo.

La situación de Mario era doblemente complicada: aquellos que cambiaban de lugar de residencia debían aguardar seis meses antes de tener derecho a aspirar a un puesto y eso siempre que el sindicato decidiera considerarlos. De todos modos la barrera del partido era insuperable. Con las mujeres había cierta tolerancia, pero para los hombres no existía alternativa. Ambos conocíamos la libreta de trabajo. En una de las páginas, entre otras cláusulas, bien claro, decía: ¿Está inscripto al partido fascista? A continuación figuraba la respuesta. Si era negativa el aspirante quedaba descartado.

Pregunté:

—¿Por qué no te afiliás?

Nuevamente dijo:

—No.

Al día siguiente lo encontré sentado en el banco de piedra del patio. Estaba fumando y se levantó cuando me vio llegar. Me dio la impresión de que me estaba esperando.

—¿Cómo anduvo hoy? —pregunté.

—Igual —me contestó.

Esta vez nos demoramos un rato largo parados en la puerta y nos separamos cuando su hermana lo llamó para cenar. A partir de ahí se estableció una cita tácita y llegó un momento en que salía de la fábrica sabiendo que al llegar a casa me quedaría en el patio charlando con Mario.

—Otro día sin novedades —me decía al verme.

Sonreía como si no le importara demasiado, pero de pronto, mientras conversábamos, callaba y comenzaba a masticarse el costado derecho del labio inferior.

Le pregunté qué hacía allá en su pueblo. Me contestó:

—Cortar pasto, trabajar en alguna cosecha, en la construcción. Nada permanente. Había fábricas a pocos kilómetros, nunca me tomaron, siempre por la misma razón. Por eso quise probar suerte en otro lado y me vine. Pero en todas partes es igual.

Me dijo que poseían una casa y un pedazo de tierra. Sembraban trigo, cosechaban, transportaban las bolsas en carro hasta un pueblo donde había un molino, pagaban la molienda con parte de la harina obtenida, hacían su propio pan. Señaló hacia el terreno:

—También tenemos algunas vides.

—Mi padre hacía vino —dije.

Me preguntó si había muerto hacía mucho y cuál era su oficio. Se lo expliqué. Entré, traje un par de candelabros que mi padre había fabricado y se los mostré. Mario los tomó, los dio vuelta entre las manos, los sopesó, asintió un par de veces con movimientos de cabeza, pero no hizo comentarios.

Después empezó a contarme que su padre era un tipo al que le gustaba hablar y pasarla bien con los amigos y que andaba todo el tiempo inventando algún negocio. Iba de un pueblo al otro, compraba, vendía, hacía intercambios. Carneaba terneros a escondidas porque estaba prohibido. Colocaba las piezas de carne acá y allá, tenía sus clientes. Cruzaba la frontera y traía contrabando. Siempre a contramano de la ley, siempre eludiendo a los carabineros. Sonrió:

—Es famoso, lo conocen bien en aquella zona, la gente dice que no hay nadie más astuto que mi padre, que a la larga termina burlándose de todo el mundo.

—¿Nunca lo agarraron? —pregunté.

—Muchas veces tuvo que salir corriendo. Hace unos años se pasó varias horas metido hasta el cuello en el agua de un arroyo. Y era invierno.

—¿No lo van a buscar a la casa?

—Nuestro pueblo es chico. Tienen que venir de otro lado. Siempre hay alguien que ve a los carabineros subiendo por el camino y corre a avisarle a mi padre. Cuando llegan ya no está. Ni él, ni el animal carneado, ni el contrabando. Después se olvidan por un tiempo.

—¿Cómo saben los carabineros cuándo es el momento?

—Seguramente por alguna denuncia.

Mario no recordaba que su padre hubiese tenido

un trabajo fijo. Las actividades clandestinas, los negocios que inventaba, aun con toda su astucia, no lo habían enriquecido, al contrario, la familia había pasado malos momentos, habían estado a punto de perder la casa varias veces. De todos modos, pese a las dificultades, había criado a seis hijos: dos mujeres y cuatro varones.

—Eso sí, a nosotros nos hacía marchar derechos, no nos perdonaba una. Nos mandó a la escuela hasta que aprendimos a leer y a escribir, y después a trabajar.

Los otros tres varones, todos mayores que Mario, se habían ido a América, a la Argentina. Escribían de tanto en tanto, contaban que estaban bien, que sobraba el trabajo y corría la plata. En realidad, el primero que había estado en Argentina era su padre, hizo varios viajes. En aquellos tiempos partían barcos cargados de hombres que iban a levantar las cosechas y terminada la temporada volvían. Pero su padre no salía a trabajar al campo, se quedaba en los galpones, era cocinero. Se había hecho de algunos amigos en América y por eso los tres mayores, apenas estuvieron en edad, partieron. Pero ellos para quedarse.

—Todo el mundo habla de la abundancia de aquel país —siguió—. Cuando éramos chicos mi padre siempre nos contaba un chiste: un emigrante, apenas bajó del barco, vio dinero en el suelo, un par de billetes, y los pateó diciendo: Ya empiezan a estorbar. Pero últimamente se la pasa maldiciendo, porque solamente llegan cartas, plata nada. Yo también pienso irme algún día.

No me di cuenta de la importancia que comenzaban a tener para mí aquellos encuentros hasta el día en que al regresar no vi a Mario esperándome.

Pensé que estaría arriba, con la hermana, y que bajaría en cualquier momento. Me puse a ordenar la casa y efectivamente al rato golpearon. Pero no era Mario, sino Rineta. Me informó:

–Hoy Mario vuelve tarde, consiguió un trabajito en Ravano, por un par de días.

Le dije que me alegraba e intenté cambiar de tema. El hecho de que Rineta se preocupara por avisarme y cierto tono de complicidad en su voz me hicieron sentir que aquellos encuentros diarios habían comenzado a ser, también a los ojos de los otros, algo más que reuniones casuales entre dos que se demoran para pasar un rato al final de la jornada. Este descubrimiento me produjo una velada euforia, pero al mismo tiempo cierta vergüenza, como si me hubiesen sorprendido cometiendo una falta.

VEINTIOCHO

Así COMENZÓ y poco a poco fui nombrando a Mario en la fábrica y también se lo presenté a Lucia y Carla. Cuando nos encontrábamos solas, ellas decían:

—Tiene ojos pícaros.

—Tiene brazos fuertes.

Bromeaban todo el tiempo y yo, halagada, les ordenaba que callaran.

A veces Mario me venía a buscar a la salida del trabajo y nos íbamos a caminar por la costa del lago. Solíamos sentarnos cerca del faro y veíamos la partida y llegada del trasbordador. Estaban los botes amarrados en el pequeño puerto y los pescadores aislados y quietos sobre el espigón. De tanto en tanto uno se enderezaba, recogía la línea, controlaba la carnada y volvía a lanzarla con un gesto amplio que llenaba el atardecer. A veces, inesperadamente, una de las cañas se curvaba y después el pez plateado se agitaba unos segundos en el aire. Eran las únicas alteraciones de aquel paisaje y ocurrían en

silencio. Se estaba bien frente al lago y me parecía
que nos hubiésemos podido quedar horas y horas,
días enteros, sin pensar, sin preocuparnos, pacientes
y calmos como lo estaban aquellas figuras al pie de
sus largas cañas, mirando el agua y el bailotear del
corcho, los reflejos de la última luz en el oleaje
breve, esperando que detrás de la superficie, allá
abajo, hacia el fondo invisible, ocurriera algo.

Ahí, por un rato, sentía que lográbamos aislarnos
de los problemas diarios, que Mario se olvidaba de
la falta de trabajo. Por lo menos no hablábamos del
asunto. Aunque después, durante el regreso, el tema
aparecía inevitablemente. Mario decía:

—Tendré que volver al Veneto. No puedo estar
dependiendo de mi hermana.

De vez en cuando conseguía colocarse por unos
días acá y allá, y a medida que lo fueron conociendo
lo llamaban con más frecuencia porque era buen tra-
bajador. Pero lo que ganaba no le alcanzaba para
nada. Yo lo alentaba, le decía que no perdiera la
esperanza, que algo iba a aparecer tarde o temprano.

—Entonces esperemos un poco más —decía él.

Hablé con mi tutor. Evité darle demasiadas explicaciones acerca de quién era Mario y mi amistad
con él.

Sólo le pregunté si no tendría lugar en la fábrica
para una persona que necesitaba trabajo. Sabía que
también ahí el problema del partido era un obstáculo
difícil. Pensaba dejar ese detalle para el final, en caso de que hubiese posibilidades de un puesto. De
todos modos me contestó que por el momento no
había vacantes, pero que lo tendría en cuenta y me
avisaría.

Fueron pasando los días y las semanas. Mario
seguía buscando y compartía conmigo la misma

desazón e impotencia al final de cada jornada. Para colmo, Roberto, el cuñado, comenzó a acosarlo para que se afiliara y a hacerle sentir el techo y el plato de comida que le daba. Un domingo la hermana me invitó a almorzar con ellos. Hubiese preferido no ir, por Roberto, pero no pude negarme. Al comienzo fue un almuerzo amable, sonrisas, atenciones. Sobre todo porque Roberto estaba demasiado ocupado en comer y casi no hablaba. Pero después de vaciar el plato se echó contra el respaldo de la silla y entonces hubo que soportar sus fanfarronadas y el inevitable discurso político. Hablaba él solo, un brazo estirado sobre la mesa, la mano apretando el vaso de vino. En determinado momento se dirigió a mí:

—¿Y vos qué pensás?

Rineta intervino, seguramente para ahorrarme la respuesta:

—Agata es joven, a su edad las preocupaciones son otras.

Me guiñó un ojo:

—¿No es verdad?

Hice un gesto que no quería decir sí y tampoco quería decir no.

—¿Qué ocurre? —dijo Roberto—. ¿La gente joven no piensa? A la edad de ellos dos hacía rato que yo tenía las cosas claras.

No pude evitar decir:

—Mi padre era socialista.

Inmediatamente comprendí que hubiese sido mejor haber callado. Había hablado bajo, sin énfasis, mirando el mantel. Pero Roberto debió advertir un principio de desafío en mi voz porque me clavó sus ojos duros y dijo:

—Está bien, tu padre era socialista, ¿pero vos qué pensás?

Ya no podía retroceder.

—Pienso que todo el mundo tiene derecho a tener un trabajo —dije.

Entonces la situación empeoró. Roberto se la tomó con Mario. Dijo que no conseguía trabajo porque no quería, que su negativa a afiliarse no era más que capricho, obcecación de montañés:

—Gente brutá, criada entre las cabras, no tienen más cerebro que una cabra.

Evité mirar a Rineta. Pensé que también a ella le tocaba el desprecio de aquel comentario. Mientras recogía los platos, trataba de calmarlo:

—¿Para qué discutir? Hoy es domingo.

Pero Roberto, ayudado por el vino, estaba lanzado, levantaba la voz:

—No lo entiendo, prefiere morirse de hambre, ni siquiera sabe por qué se niega a afiliarse.

Se volvió hacia Rineta:

—¿Te explicó alguna vez la razón?

—Cada cual tiene sus ideas —dijo ella, conciliadora.

—¿Cuáles ideas? Me gustaría escucharlas. Estamos acá para eso. Adelante, veamos.

Seguía hablándole a Rineta, como si Mario estuviese ausente.

Mario, a mi lado, guardaba silencio. Mantenía la mirada fija, puesta en la cara de Roberto, no parpadeaba. Lo notaba extrañamente calmo. Pero advertí, debajo de la mesa, sus puños cerrados sobre las rodillas. Se levantó y me dijo:

—Vamos.

Agradecí apresuradamente el almuerzo y salimos. Estábamos bajando la escalera y oímos la voz de Roberto gritando:

—Con las ideas no se come.

Nos fuimos a caminar. Era una linda tarde. Tenía

la impresión de haber salido de una cárcel. Anduvimos un rato rumbo al pueblo, sin hablar.

—Tuve miedo de que se pelearan —dije.

—Es su casa. Es mi hermana. Mañana me voy —dijo Mario.

Cortó la rama de un arbusto y como la vez de nuestro primer encuentro comenzó a fustigar el pasto alto.

Las calles estaban vacías a esa hora. Llegamos a la costa y nos sentamos en el lugar de siempre. Le pregunté si había hablado en serio con eso de irse.

—¿Qué otra cosa puedo hacer? —me contestó.

—Esperá un poco más —dije.

—¿Esperar qué? No me van a dar trabajo.

—Puedo volver a hablar con mi tutor.

—Ya te dijo que no.

—No me dijo que no. Por el momento no hay nada en su fábrica. Pero es una persona influyente, una palabra suya puede servir de mucho, conoce gente.

Mario no me contestó. Interpreté ese silencio como una aceptación y cambié de tema. Pero no estaba muy segura de haberlo convencido. Esa noche, al despedirnos, le dije:

—Mañana voy a verlo.

Me hice una escapada a la hora del almuerzo. Biasetti me atendió con la amabilidad de siempre. Inmediatamente me hizo la pregunta que yo temía:

—¿Por qué no se inscribe en el partido?

—No quiere —le contesté.

No insistió y, en silencio, se lo agradecí. Nuevamente me explicó que no podía ofrecerle nada, pero que estaba dispuesto a ayudar, que tuviéramos paciencia.

Hablé también con mi prima Cristina, una de aquellas que venían para los días de vendimia, la

misma que me había enseñado a bailar. Su marido
era jefe de sección en una fábrica, en Renco, no lejos
de casa. También ella prometió ocuparse.

Supe que hubo una charla entre mi tutor y el
marido de Cristina. Pocos días después ella me
mandó llamar. Fui a verla.

—Tengo buenas noticias —me dijo—. Que Mario se
presente mañana en la fábrica, va a tener una
oportunidad.

Me dieron ganas de abrazarla y besarla. Pero me
contuve. No habían pasado tantos años, pero ya no
éramos las mismas que ensayábamos pasos de baile
en la calle detrás de la hostería. Corrí a casa y le
comuniqué la noticia a Mario.

Se presentó al día siguiente y se quedó a trabajar.
Esa noche nos demoramos charlando hasta tarde,
Mario estuvo locuaz como nunca y, sin alterar el
tono calmo de la voz, empezó a hablar del futuro, a
hacer planes. Yo sentía que exageraba, pero no lo
interrumpía. Me gustaban esas fantasías suyas y
hubiese deseado que la noche se prolongara.

Pero la euforia duró poco. Aquel empleo había sido otorgado a espaldas del sindicato. Alguien denunció
la irregularidad. A los quince días Mario fue despedido
para incorporar, en su lugar, a un tipo que acababa
de salir de la cárcel y que inmediatamente se había
inscripto en el partido. Era un ladrón conocido, que
pasaba más tiempo encerrado que libre. Estuvo un
mes. Volvió a robar y lo encarcelaron de nuevo. Pero
a Mario no lo reincorporaron.

Nuevamente acudí a mi tutor. Esta vez fuimos
juntos, Mario y yo. Biasetti estaba indignado y eso
me pareció buena señal.

—Ya encontraremos algo. Vayan tranquilos —nos
dijo.

En efecto, no pasó mucho tiempo y Mario entró a trabajar (le avisaron que era provisorio) en una fábrica de pastas. El dueño era un jerarca fascista, conocido de Biasetti. Finalmente, al cabo de un par de meses, mi tutor lo llamó y le dio un puesto en su propia fábrica.

Le dije a Mario:

—Ahora sí dimos un paso firme.

Me sorprendí al advertir que me había expresado en plural. Poco después empezamos a hablar de casamiento.

VEINTINUEVE

QUEDAMOS, CON MARIO, EN ENCONTRARNOS CERCA DE LA IGLESIA, en una plazoleta. Habíamos decidido hablar con el cura, fijar fecha y arreglar los detalles de la boda. Angela, una de las primeras en enterarse, caminó un trecho conmigo al salir de la fábrica.

—Creciste —dijo midiéndome con la mirada.

Se acordó de cuando me había llevado a ver al director y había sugerido que me tirara la pollera hacia abajo para aparentar más edad. Reímos juntas. Recordó otras historias de aquellos primeros años míos en los telares. Me besó al despedirnos en un cruce, me deseó suerte y seguí sola.

Era primavera y daba gusto andar por las calles y respirar el aire limpio después de las horas de encierro. Pasaba frente a los jardines florecidos y me llegaban a oleadas los perfumes nuevos. Mario ya estaba esperándome e inmediatamente entramos en la curia. Nos atendió el mismo cura de siempre, don Anselmo, más viejo, más gordo. Ahí, en la penumbra de la sala, rodeada de imágenes de santos, me tocó a mí recordar. Me vino a la memoria la vez que había acompañado a Elsa y me pareció increíble que hubiese pasado tanto tiempo y que ahora estuviese hablando de mi propio casamiento. El cura dijo más o menos las mismas cosas de entonces, aunque –así lo sentí– con menos convicción, como si la repetición a lo largo de los años hubiese ido gastando las palabras. Aquel cansancio en su voz me desilusionó un poco, porque para mí, lo mío, lo que estaba viviendo en esos días, era único y pretendía que así fuera para todos.

Don Anselmo me conocía bien. Así que se interesó únicamente por Mario. Quiso saber dónde trabajaba, de dónde era, cómo estaba constituida su familia, cómo lo habían educado. Preguntó:

–¿Todavía se acuerda el Padrenuestro?

–Sí –contestó Mario.

–Adelante, recítelo.

Mario lo miró sorprendido e incrédulo. Me miró. Después respiró hondo, hizo una pausa y comenzó a recitar. Se trabó al llegar a "así en la tierra como en el cielo".

Don Anselmo lo ayudó:

–El pan nuestro...

Mario retomó la oración y logró llegar hasta el final sin dificultad.

–Veo que sigue siendo un buen muchacho –dijo el cura.

Fue una entrevista breve. Ya teníamos fecha y debíamos realizar algunos trámites sencillos. Cuando salimos, Mario, divertido, dijo:

–Así que sigo siendo un buen muchacho.

–El Padrenuestro lo dijiste bien.

–De chico nunca faltaba a misa. Los domingos marchábamos todos juntos a la iglesia. Mi padre nos obligaba a asistir. Caminaba detrás del grupo, nos arreaba como vacas. Pero él nunca entraba, se quedaba afuera, en la escalinata, cuidando de que nadie se escapara. Era muy amigo del cura. Para el día del santo del pueblo organizaban una gran comida en mi casa. Entonces se lucía cocinando, venía mucha gente, aquellos almuerzos eran famosos.

Siguieron semanas febriles, nos la pasábamos haciendo planes. Vino la modista a casa para tomarme las medidas y confeccionarme dos vestidos. El de casamiento: largo, de seda rosa. Otro para el viaje de bodas, de seda gruesa, color borravino. Mario se pondría un traje negro, prestado por el cuñado (más tarde, durante una de las tantas discusiones, Roberto le echaría en cara también eso: "Te casaste con mi traje").

Llegó el momento en que llevé confites a la fábrica y los repartí entre las compañeras del salón. Me emocionó recibir tantas felicitaciones y muestras de afecto. Rosina, una mujer gorda, con cinco hijos, no paraba de besarme, de sonarse la nariz y de secarse las mejillas mojadas por las lágrimas. Repetía:

—Los confites siempre me hacen llorar.

Me habían preparado tres regalos: un juego de toilette, una araña y un cubrecama de tela dorada tipo brocado.

La ceremonia se llevó a cabo muy temprano, a las seis de la mañana, porque debíamos viajar. Habíamos planeado pasar un par de días en Varalta, el pueblo de Mario, y después una semana en Venecia. A la iglesia nos acompañaron mi hermano y la mujer, mi tío Ovidio, mi prima Cristina, Lucia y Carla, Rineta y Roberto. Después la carroza nos llevó de vuelta a casa y el cochero quedó esperando abajo, en la calle ancha, mientras comíamos masas y brindábamos con vino espumante.

Me cambié de ropa y partimos. Cruzamos el lago en el trasbordador. Tuvimos que correr para no perder el tren que nos llevaría a Milano. En Milano hicimos tiempo media hora. Yo estaba deslumbrada por las dimensiones y el movimiento de aquella estación. Hubiese querido salir, recorrer las calles cercanas, ver algo de la gran ciudad. Me acordé de Elsa y de lo que ella me contaba. Partimos nuevamente y ahora sí nos esperaba un largo trayecto hasta Vicenza. Nunca había ido tan lejos. De las imágenes de aquel viaje me impresionaron especialmente los campos cubiertos de amapolas. Llegamos a Vicenza y abordamos un trencito lento que nos llevó entre montañas y cuyo silbato no paraba de sacudir el aire.

Bajamos en Rotene, una pequeña estación sin gente. Nos esperaba Guido, el padre de Mario. Era más bien bajo, fornido y caminaba levemente inclinado hacia adelante, con los brazos colgando. Al saludarme no me llamó por mi nombre, me dijo señora. Había tres personas más: Virginia, la otra hermana de Mario, una amiga de ella y un muchacho de nombre Tino. Estaban con dos calesas. Cargamos las valijas y emprendimos la subida hacia Varalta. Guido iba con nosotros, conduciendo. Hablaba sin mirarnos, mientras sujetaba fuerte las riendas. Nos explicó que ese caballo, el Negro, era un poco loco y tendía a desbocarse.

—No siempre —aclaró—, depende de los días, hay que conocerlo.

Pero ése debía ser uno de los días críticos, porque aún no habíamos alcanzado la primera curva y ya era evidente que a Guido no le resultaba fácil controlarlo. El animal partía al paso, pero poco a poco iba entusiasmándose y había que frenarlo antes de que fuese tarde. Nos deteníamos unos minutos, para que se tranquilizarla, y despúes arrancábamos otra vez. Por lo tanto íbamos avanzando por tramos que no eran demasiado extensos, porque el Negro entraba en calor rápidamente. En una oportunidad Guido lo dejó tomar demasiado impulso y la situación se complicó. Por fin logró dominar al animal, pero la calesa quedó cruzada en el camino. Yo miraba la barranca que teníamos a la derecha y me decía que en cualquier momento terminaríamos rodando.

Guido nos hizo bajar y propuso que viajáramos en el otro carruaje. Pese a las detenciones hubo que esperar un rato porque nos habíamos adelantado bastante. Había un gran silencio alrededor y sólo se oía el canto solitario de algún pájaro. Por fin Tino nos alcanzó e hicimos el cambio. Guido subió con nosotros y volvió a sujetar las riendas. Tomamos la delantera, mientras Tino trataba de contener al Negro manteniéndolo detrás de nuestra calesa. El segundo caballo era tranquilo y de andar parejo. Pero también con éste comenzaron a aparecer problemas. De vez en cuando se detenía y ahí se quedaba. Costaba hacerlo arrancar de nuevo. Avanzaba un trecho y volvía a empacarse. Guido, que no cesaba de darle con el látigo, nos explicó que era un animal viejo, que no podía orinar, que lo intentaba todo el tiempo y no lo conseguía, por eso después de parar ya no quería moverse. Llegó un momento en que el caballo se afirmó sobre las patas abiertas, bajó la cabeza y no hubo forma de que siguiera.

Nos apeamos nuevamente, porque no tenía sentido permanecer sobre la calesa. Mientras tanto Guido seguía descargando latigazos inútiles sobre el lomo huesudo del animal. Por fin decidimos volver a probar suerte con el Negro. Las cosas no mejoraron. El camino seguía igual, una pared rocosa a la izquierda, la barranca a la derecha. Cuando lograba sofrenar al caballo una vez más, Guido se bajaba, se colgaba del bozal y le daba con el mango del látigo en la cabeza. Un rato antes, al otro, le pegaba para que caminara. Ahora, al Negro, le pegaba para que se calmara. Las maldiciones que profería eran las mismas. Yo nunca había oído maldecir tanto.

No sé cuánto duró aquel viaje. Estaba tensa y me dolían los dedos de la mano con la que me aferraba al borde del asiento. La otra estaba entre las de Mario, que me la acariciaba y no decía nada. Miraba el camino muy serio. Varias veces le pregunté:

—¿Falta mucho?

—Ya estamos llegando —me contestaba.

Por fin avistamos las casas y respiré. La de Guido era la primera, junto al camino. Me la señaló no bien apareció después de una curva. Blanca, dos plantas, igual que la mía. Detrás, dispersas en la cuesta, seguían otras construcciones: veinte, treinta, no más. En el último tramo el Negro volvió a arremeter y Guido sólo logró sujetarlo unos cien metros pasada la casa. Me apresuré a bajar y me sostuve en Mario porque me fallaban las piernas.

Regina, la madre de Mario, vino a nuestro encuentro. Más alta que Guido, morena, linda mujer. Me abrazó, lloró un poco y dijo:

—Ahora tengo otra hija.

Aparecieron corriendo algunos chicos descalzos y se nos pusieron al lado, mirándonos con curiosidad. Cuando entramos en la casa advertí que estaba oscureciendo. Los chicos se quedaron en la puerta, espiando hacia el interior. Acomodamos nuestras cosas en una habitación que nos habían preparado en la planta alta y después bajamos a cenar. Comimos una carne a la cacerola que Guido había cocinado por la tarde. Pidió mi opinión y me explicó con orgullo cuál era su receta. Rápidamente me di cuenta de que Regina y Guido se ignoraban. Estaban sentados en ambos extremos de la mesa, enfrentados, sin mirarse, aparentemente sin escucharse. Cada uno formulaba sus preguntas. Yo contestaba girando la cabeza hacia la derecha y hacia la izquierda y era como mantener dos conversaciones separadas. Mario hablaba dirigiéndose a ambos y resultaba evidente que se esforzaba para que aquella situación resultara menos molesta. Hacia el final de la cena llegó la otra calesa. La hermana de Mario, la amiga y Tino se sentaron con nosotros. Entonces se habló del viaje, de los caballos, y la tensión se diluyó. De todos modos sentí alivio cuando nos levantamos y subimos a nuestra habitación. No bien cerramos la puerta pregunté:

—¿Tus padres no se hablan?

—Hace años —me contestó Mario.

Y no dijo más.

TREINTA

A MEDIA MAÑANA GUIDO GOLPEÓ LA PUERTA y nos trajo café.

—Pronto van a comenzar a llegar los invitados —avisó.

Al bajar nos encontramos con Regina y Virginia atareadas preparando una gran mesa ubicada en una de las habitaciones que aún no conocía. La ventana daba a un umbroso huerto en declive. Guido estaba cocinando. Salimos y caminamos un poco. Tomamos por un sendero que llevaba al establo. Detrás se extendía un vallecito con frutales; después la montaña seguía subiendo y arriba se convertía en un ancho frente rocoso donde se veían aberturas como pequeñas ventanas.

—Dentro de la montaña hay túneles, los cavaron durante la guerra, en esas aberturas estaban los cañones —me explicó Mario.

Regresamos y anduvimos un trecho por el camino polvoriento. Pasamos frente a varias casas y de vez en cuando alguien se acercaba a saludar. Llegamos hasta una fuente alimentada por un grueso chorro de agua. Había varias mujeres cargando los baldes. En la fuente parecía terminar el pueblo. A partir de ahí el camino comenzaba a descender y desaparecía en una curva. Pero al fondo descubrí otro puñado de casas y la torre de la iglesia. Mario me explicó que Varalta se dividía en dos, la parte de arriba y la de abajo. Me señaló un grupo de árboles, en la mitad de una cuesta pelada, no lejos.

–Detrás de esos árboles hay una cueva muy profunda –me dijo–. Ahí es donde mi padre corre a esconder las cosas cuando vienen los carabineros.

Seguimos y nos detuvimos sobre una cuesta donde pastaban tres vacas. Abajo, en un lecho de piedras claras, serpenteaba un arroyo. Volvimos hacia la casa. Poco después comenzó a llegar gente. Me fueron presentando a uno y a otro. La mayoría eran parientes, vivían en Varalta o venían de aldeas cercanas. No lograba retener los nombres y sólo se me grabaron algunos apodos: el tío Buenafortuna, la tía Zanahoria, la tía Doblada. Cada uno de aquellos sobrenombres, me aclaró Mario, tenía su historia. A la tía Doblada, una mujer simpática, pequeña y llena de arrugas, la llamaban así por dos razones: por ser chueca y porque le gustaba mucho el vino y era común verla caminar ladeada.

Guido anunció que el almuerzo estaba listo. Nos sentamos a la mesa y con el primer plato hubo calurosos elogios para él. Las botellas de vino se vaciaron rápidamente y las voces fueron subiendo de tono. También yo había tomado un par de vasos y sentí que comenzaban a hacerme efecto. De vez en cuando alguien proponía un nuevo brindis.

–Salud, besos y tiempo para gozarlos.

Entonces metía la mano en la cartera y lanzaba al

aire un puñado de confites. Los chicos se los disputaban gateando bajo la mesa, entre nuestras piernas.

De todas aquellas personas hubo una sola que me saludó con frialdad. Era una rubia cuarentona, enjuta, de pelo recogido. Tenía la mirada dura y durante el almuerzo advertí que no me quitaba los ojos de encima. Más tarde, hablando con Regina —no recuerdo si fue ella o fui yo quien sacó el tema—, me contó que esa mujer se llamaba Ida, que no bien llegó se le había acercado para criticarme. Le había dicho:

—Es linda la esposa de Mario, lástima que sea bizca.

—No es bizca —había contestado Regina.

—Usted no la vio bien.

—Claro que la vi bien.

—Mírela con atención.

Regina terminó aconsejándome que la evitara, y que tuviera también mucho cuidado con cierta gorda que estaba sentada en el otro extremo de la mesa y no paraba de comer desde que había llegado. No me explicó la razón por la que debía cuidarme de la gorda y no se lo pregunté.

Pero no fue Regina la que me completó la historia de Ida, sino Virginia, la hermana de Mario. Por ella me enteré, un rato más tarde, de que Ida era muy amiga de una tal Irene, hija de un molinero de Dastico, un pueblo cercano. A Mario habían tratado de enredarlo para que se casara con Irene. El arreglo había sido urdido por Guido y todo porque tenía una deuda con el molinero, un préstamo que éste le había otorgado para levantar la hipoteca de la casa. El molinero estaba dispuesto a cancelar la deuda si se concretaba la boda. Mario, ante el acoso, había enfrentado al padre y le había dicho:

—Casate vos si querés. Yo con ésa no me caso.

Virginia me contó sobre varias discusiones. Un par de veces Guido había echado a Mario de la casa, pero después iba a buscarlo y otra vez intentaba convencerlo por las buenas.

—No es fea esa muchacha Irene —concluyó Virginia—, pero es hija ilegítima, no le va a ser fácil conseguir marido.

En otras circunstancias aquella historia me hubiese causado gracia. Pero ahí, en ese momento, me irritó. Repentinamente me sentí indefensa, tomé conciencia de que estaba en un lugar desconocido, entre gente que jamás había visto, lejos de lo mío, lejos de las cosas que quería y en las que encontraba protección. Igual que su madre, Virginia me puso sobre aviso con respecto a un par de invitados con los que no me convenía mantener trato.

A medida que pasaba la tarde y mientras seguía corriendo el vino, comencé a percibir tensiones entre algunos de los presentes. En ciertas frases dichas a medias, en las entonaciones de voz, adivinaba rencores, hostilidades que, se me ocurrió, quizá tuviesen muchos años de duración. Mario y yo habíamos pasado a segundo plano. Mi incomodidad crecía.

Fue la tía Doblada quien, ya hacia el atardecer, me habló de la relación entre Regina y Guido. A su regreso de uno de los viajes a América, una prima de Guido, llamada Sara, le había llenado la cabeza con historias sobre supuestas infidelidades de Regina. Guido era un hombre muy celoso y desde entonces las cosas anduvieron mal. Los hijos se habían criado entre peleas permanentes.

—Regina es muy buena —me dijo la tía Doblada—, esa perra de Sara le arruinó la vida por envidia, pura envidia, pero las va a pagar, todo se paga, ya está pagando, un hijo suyo se le mató tirándose bajo el tren.

Me siguió contando que Guido se había buscado otra mujer, en un pueblo cercano. Nadie estaba enterado hasta que un día esa mujer apareció por ahí, golpeó a la puerta y al enfrentarse con Regina le mostró el chico que llevaba en brazos y le dijo:

—Este es hijo de tu marido.

También por la tía Doblada supe de una muerte que años atrás había dividido a toda aquella gente en dos bandos. Un tipo de nombre Nano, personaje muy violento, castigaba sin piedad a la esposa. El hermano de ella, queriendo liberarla de ese suplicio diario esperó a Nano a la salida de la hostería para matarlo. Pero era noche de invierno, de la hostería salió alguien envuelto en una capa y lo apuñaló sin darse cuenta de que se trataba de otro. El matador había ido a la cárcel, aún estaba adentro y tenía para muchos años más. La mujer de Nano logró escapar y partir a América. Un hermano de la víctima se había casado con la viuda, que había quedado sola y con cuatro hijos para criar:

—Ahí están —me dijo señalándome a una pareja—, los dos son primos nuestros. El que está en la cárcel también es medio pariente, pero lejano.

Me fui enterando de otras historias en las que siempre había rivalidades y violencias. Pero a esa altura ya se me confundían los nombres, los vínculos y el papel desempeñado por cada protagonista. Sólo me quedaba claro que todos estaban ligados entre sí por algún lazo de parentesco.

En cuanto podía buscaba a Mario, me ponía a su lado y trataba de no apartarme. Pero lo requerían todo el tiempo, y de pronto lo perdía de vista y me encontraba atrapada en una nueva conversación. Por fin la gente se fue yendo. Despedimos a los últimos en la puerta. Acostados sobre un carro, un par de muchachos se habían puesto a cantar mientras se alejaban en la noche.

Al día siguiente, sábado, nos tocó a nosotros ir de visita. Partimos a media mañana y al mediodía llegamos a un grupito de casas, cuatro, cinco, desde donde se veía todo el valle y un pueblo lejano donde, me explicó Mario, estaban el aserradero, la fábrica de cerveza y el cementerio. Nos detuvimos un par de horas y seguimos. En todas partes nos esperaban felicitaciones y agasajos. Regresamos cuando ya era noche. No la pasamos mal, pero yo quería irme y en el camino le propuse a Mario que apuráramos el viaje a Venecia. Para colmo en esa salida perdí una cadenita de oro que apreciaba mucho porque era un regalo de Elsa. El cura anunció el extravío en la misa del domingo y pidió a quien la encontrase que la devolviera. Pero nadie se presentó.

No partimos. Guido nos comunicó que había organizado otro banquete y no pudimos rehusarnos. Después nos pidió dinero para pagar los gastos de esa última fiesta, ya que se había quedado sin fondos. Hubo un par de demoras más, siempre provocadas por Guido. También nuevos pedidos de pequeñas sumas. Finalmente nos dimos cuenta de que no sólo se había acabado el tiempo, sino también el dinero, y que el viaje a Venecia deberíamos postergarlo para otra oportunidad.

Y así llegó el día de regresar. Bajamos hasta la estación de Rotene y nos despedimos de los que nos habían acompañado. Después de aquel comienzo con el caballo loco, las intrigas, la frustración del fallido viaje a Venecia, me alegré cuando nos sentamos y el tren arrancó. Quería estar de nuevo en mi casa y retomar mi vida.

TREINTA Y UNO

Dejé de ir a la fábrica a fines de enero. Calculábamos que el chico nacería a mediados de febrero. Regina, mi suegra, vino a pasar una temporada con nosotros, para ayudarme. Charlábamos bastante y me fui enterando de nuevas historias sobre la gente que había conocido —y otra que no había conocido— en Varalta. Ahora, más tranquila, en mi casa, preguntaba, investigaba. Regina me seguía hablando de odios, de enfrentamientos, pero a menudo no sabía darme las razones de esas diferencias. Deduje, como lo había intuido en su momento, que no pocos de aquellos rencores se remontaban a muchos años atrás, que habían pasado de padres a hijos, que subsistían aun cuando ya nadie recordara con exactitud cuál había sido el origen del conflicto. Aparentemente, en general, eran cuestiones de dinero, herencias, divisiones de propiedades. Y fundamentalmente de envidias. Supe que Guido seguía contrayendo deudas para cubrir otras anteriores, y que tarde o temprano, si no encontraban una solución, terminarían rematándoles la casa y ellos acabarían en la calle. Los hijos que estaban en América no mandaban un centavo y la única ayuda que recibían era de Mario y por lo tanto también de mí (les habíamos estado enviando algún dinero en los últimos meses). Estaban muy contentos de que se hubiese casado con una mujer como yo, tan buena, tan comprensiva y tan generosa. Al llegar a este punto yo trataba de cambiar de conversación. No me gustaba cuando comenzaba a adularme.

Venía Carla a visitarme, me traía noticias de Lucia, que acababa de casarse con un tipo de Ferrara, algunos años mayor que ella, y se había mudado a aquella ciudad.

—Después que tu hijo nazca, cuando crezca un poco, podríamos darle una sorpresa, no es un viaje largo —me decía Carla.

En cuanto a ella, hacía tiempo que estaba de novia con un muchacho de Verbano, Luigi. La pasaban bien, pero por el momento él no quería ni oír hablar de matrimonio. Casi había perdido la esperanza de convencerlo y si no cortaba la relación era porque sentía que no hubiese podido vivir sin verlo. Me contaba sus penas y después se disculpaba:

—No debería hablarte de cosas tristes.

Me tocaba la panza:

—¿Me dejás escuchar?

Apoyaba la oreja y decía:

—Late fuerte. Está bien vivo.

Al hablar de Lucia nos acordábamos del Fantoli y los bailes. En una oportunidad, en nuestra conversación apareció el violinista y su misteriosa desaparición.

—¿Nunca más lo viste? —pregunté.

—Nunca más. A veces vamos al Fantoli con Luigi, pero ya no es lo mismo.

—Para mí, desde que conocí a Mario, los bailes se acabaron. No sabe dar ni un paso.

Recordé y le conté de cierta noche en que habíamos ido a la hostería y un conocido me sacó a bailar dos veces.

—A Mario no le gustó. Cuando terminó la segunda pieza, me dijo: Bueno, ahora basta.

Reímos.

—Es un buen muchacho. Tuviste suerte.

Me agradaba que lo dijera. Además de la fábrica, Mario seguía tomando trabajos en su tiempo libre. A menudo, cuando le tocaba horario nocturno, pasaba de uno a otro sin dormir. Se hacía cargo de la quinta y ahora era él quien, después de vendimiar, pisaba la uva en el sótano. Nuestro proyecto más inmediato —había sido idea suya— era tratar de comprar aquella lonja de terreno por cuyos límites se peleaba mi abuelo Carlo, y así agrandar la propiedad.

Los dolores comenzaron a media mañana. Mario acababa de salir para la fábrica. Había nevado durante la noche y los gorriones venían a buscar alimento bajo la ventana. Regina estaba arriba, con Rineta. La llamé.

—Creo que ya viene —le dije.

Rineta salió corriendo a buscar a la partera. Vivía cerca y apareció rápido. Era una mujer fea, con cara de bruja, que trabajaba sin permiso porque había estado en la cárcel a raíz de la muerte de una muchacha durante un aborto. Yo jamás la hubiese aceptado. Pero Rineta se había encargado de todo y sólo me enteré de su elección a último momento. Cuando traté de protestar me aseguró que esa partera era muy experta, que tenía una mano privilegiada y que aquel accidente no significaba nada, que le podía ocurrir a cualquiera. Ya era tarde para cambiar y tuve que resignarme.

La partera empezó a trabajar inmediatamente. Me daba indicaciones, me guiaba. Pero fueron pasando las horas y el chico no nacía. Había roto la bolsa de agua y llegó un momento en que dejé de sentir los dolores. Me di cuenta de que cada vez tenía menos fuerzas y que me dormía.

—¿Qué está pasando? —pregunté.

—Nada, quédese tranquila —me contestó la partera.

Comencé a asustarme y se lo dije:

—Tengo miedo.

—Tranquila —repitió—, todo va a salir bien.

Pero presentía que estaba más preocupada que yo. Después, a medida que seguía pasando el tiempo, el cansancio me fue dominando y todo dejó de importarme.

—Tengo sueño —dije—, déjeme dormir.

—¿Está loca? Hay que sacar al chico. ¿Quiere morir?

—Quiero dormir.

Me zamarreaba:

—No se duerma, haga fuerza.

Oí que decía:

—Hay que llamar al doctor.

Pese al agotamiento, adiviné que no era su deseo llamarlo y estuve segura de que el médico jamás vendría para que no se descubriese que ella estaba trabajando ilegalmente. Entonces supe que iba a morir y llamé a Regina.

—Tráigame papel y una lapicera —le dije.

—¿Para qué? —preguntó.

—Voy a morirme. Quiero que la casa quede para Mario.

Entre las dos trataron de tranquilizarme. Yo, sin fuerza, insistía:

—Tráiganme algo para escribir.

Advertí que alguien acababa de entrar en la habitación: era el médico. Rineta había ido a llamarlo. Cuando vio a la partera se sobresaltó:

—¿Qué hace acá? ¿Cómo se atreve a seguir trabajando?

Pensé que se iba a producir una discusión entre ellos, pero la cosa no pasó de ahí. La partera le explicó cuál era la situación y se prepararon. En ese momento llegó Mario. Lo vi parado en la puerta. Tenía nieve en la ropa. El médico le dijo:

—Venga usted también, ayude.

Era un hombre muy rudo. Impartía órdenes y se movía rápido. A mí no me dirigió la palabra.

A partir de ahí todo fue dolor. Sentía que me estaban desgarrando, me debatía y gritaba. En algún momento vi a Mario sobre mí, sujetándome. Me sujetaba y lloraba. Sólo recuerdo eso: el dolor, mis propios gritos y la cara de Mario mojada por las lágrimas.

Cuando me mostraron al chico no experimenté nada. Tenía la cabeza alargada por la acción de los forceps y estaba rojo. Me aplicaron una inyección y me dijeron que ahora podía descansar, que todo estaba bien. Percibí cuando Mario se recostó a mi lado. Al rato se paró y fue hasta la cuna. Varias veces repitió la misma operación. Podía verlo con sólo girar los ojos. Se inclinaba y acercaba el oído a la boca del chico, seguramente para asegurarse de que seguía respirando. Finalmente lo levantó, lo trajo a nuestra cama y lo colocó entre los dos. Después debió quedarse dormido, porque no volvió a moverse.

Yo ya no quería dormir, me esforzaba por mantenerme despierta. Fugazmente, frente a mis ojos, veía desfilar algunas caras, imágenes que bien pudieron haber pertenecido al sueño. Recordé que durante la enfermedad de Elsa había reflexionado más de una vez, como si se tratara de una fatalidad, en el hecho de que ella, igual que mi madre, igual que mi padre, había terminado postrada en aquella habitación. Ahora, en cambio, pensaba que ahí habíamos nacido mi hermano y yo. Y que, también ahí, acababa de nacer mi hijo. Traté de imaginarme la nevada detrás de la ventana: la extensión blanca en la noche, el silencio. Y era como si en toda aquella blandura mi cuerpo lastimado encontrara alivio y el dolor se fuera diluyendo.

TREINTA Y DOS

MUCHAS VECES HABÍA OÍDO DECIR que las mujeres olvidan rápido y definitivamente los dolores del parto. Yo estaba segura de que nunca se me borraría de la memoria aquella noche. La última recomendación del médico había sido que evitara hasta el más mínimo movimiento. Por lo tanto estuve quince días sin dejar la cama.

Regina andaba por ahí, la oía moverse, entrar y salir de la casa, de tanto en tanto se asomaba al dormitorio para preguntarme si necesitaba algo. A mi hijo le habíamos puesto Guido, igual que el padre de Mario. Regina me lo alcanzaba para que le diera de mamar. Mientras lo cambiaba y lo fajaba me contaba de sus seis partos:

—Los hijos nacían y al rato ya estaba trabajando, limpiando la casa, preparando la comida.

Yo adivinaba en sus palabras cierto tono de suficiencia y hasta de reproche, como si las dificultades con las que me había enfrentado se debiesen a debilidad, falencias mías o de los nuevos tiempos.

Regina me controlaba la alimentación. Tenía sus manías y me prohibía ciertas verduras.

—Arruinan la leche —me decía.

Carla venía a veces a hacerme compañía en sus momentos libres. Elogiaba a Guido, me pedía que se lo diera un rato cuando terminaba de mamar. Mientras lo acunaba, invariablemente se acordaba de Luigi. Me hablaba de los progresos y los retrocesos del noviazgo. Un día Luigi parecía aceptar la idea del matrimonio y hasta se mostraba entusiasta. Pero al día siguiente todo volvía a punto cero y había que volver a empezar.

—Quiero casarme, quiero tener un hijo —decía Carla—. No sé qué hacer con ese tipo, me va a volver loca, totalmente loca. ¿Por qué lo querré tanto?

Reía.

Durante esas visitas, contra su costumbre, Regina aparecía a cada rato. Controlaba desde la puerta, miraba con ojos reprobadores al ver que Carla tenía a Guido en brazos, sacudía la cabeza y volvía a irse. Una vez vino Angela. También mi hermano y la mujer. Pero la mayor parte del tiempo la pasaba sola.

Cuando Mario estaba en casa era él quien se encargaba de cambiar a Guido. Le gustaba esa tarea. Se lo veía contento y orgulloso. Levantaba a nuestro hijo a la altura de su cara y decía:

—Éste se va a quedar para siempre conmigo.

El médico no volvió a verme. La partera, en cambio, pasó en varias oportunidades. Todas las veces repetía lo mismo:

—Fue difícil, muy difícil, pero está evolucionando bien. Pasadas dos semanas le quitaré los puntos y podrá comenzar a levantarse.

En cuanto Rineta y Roberto volvían del trabajo, Regina me avisaba:

–Subo un rato.

Después me transmitía lo charlado. Algunas cosas me las contaba bajando la voz, censurando, haciéndome cómplice. Me informaba de gastos y decisiones que ella no aprobaba. Cuando comenzó a insinuar que el yerno no era persona de fiar y dejó entrever que no perdía oportunidad para criticarme, me acordé de Varalta y su gente. Me pregunté si aquella larga red de intrigas familiares no estaría llegando también a mi casa. Esa idea me alarmó y le dí a entender que prefería no enterarme de lo que se hablaba de mí. Pero, día tras día, Regina seguía trayéndome historias. Tuve que decirle:

–No me cuente más.

No le gustó, salió de la habitación y después oí que andaba dando vueltas por la cocina, hablando sola, protestando.

Durante ese período de inmovilidad no hice otra cosa que pensar y recordar. Hablaba con Guido. Me entretenía reconociendo y descubriendo formas caprichosas en la textura de las paredes, manchas, sombras, ciertos reflejos de luz desplazándose a lo largo de las horas por el cielorraso. Volví a toparme con sensaciones olvidadas. Olores, sabores, sonidos, experiencias fugaces e inasibles. Emergían desde tiempos que me parecían increíblemente lejanos y al regresar me devolvían al mismo calmado asombro de entonces. En el silencio, en la penumbra, esas fuerzas y presencias cómplices me hablaban un lenguaje reconocible, que era solamente mío, que no hubiese podido compartir. Era el mismo lenguaje de los días en que me ocultaba para jugar con aquella muñeca comprada gracias al dinero sustraído de los bolsillos del traje de mi padre. Estaba cargado del mismo misterio y las mismas promesas. Como entonces, fantaseaba, deliraba, permanecía lejos de todo. La diferencia consistía en que ahora tenía alguien vivo a mi lado, un chico real, mi hijo, que respiraba, lloraba, reclamaba alimento.

La habitación tenía dos ventanas. Una daba al frente de la casa, la otra miraba hacia el fondo del terreno. Le pedía a Regina que abriera las persianas y corriera las cortinas. Desde la cama, sin esforzarme, podía ver muchas cosas. Veía la planta de damascos que cubría el patio. Había nacido sola, entre los canteros de flores. Un par de veces había tratado de extirparla. Pero volvía a resurgir con tanta pujanza que finalmente decidí dejarla. Ahora sus ramas casi tocaban los vidrios. También estaba la de caquis: arrancábamos los frutos antes de tiempo y los colocábamos sobre una mesada de madera, en el sótano, para que terminaran de madurar. El peral, injertado por mi padre: del tronco partían dos grandes ramas y cada una daba una clase de peras diferente. Las vides, el cerezo, el nogal. Había otros árboles que estaban fuera de mi vista, pero a los que podía imaginar: el duraznero de mi abuelo, el ciruelo, la higuera. Sentía que la historia de mis días siempre había estado ligada a cada uno de ellos. Y que lo seguía estando ahora, cuando nos unía aquella suerte de vida en reposo a través de las últimas semanas del invierno. Me adormecía y me gustaba abrir los ojos y encontrarme con aquellas presencias quietas del otro lado de las ventanas.

Vi cómo las ramas se fueron despojando rápidamente de los últimos vestigios de nieve. Vi los brotes nuevos insinuarse con la fuerza de siempre. Sabía que al fondo del terreno y sobre las barrancas de los ríos comenzaban a florecer las prímulas. Y una mañana, después de recibir la visita de la partera, apoyé un pie en el piso, bajé de la cama, crucé el dormitorio y abrí la puerta de la cocina. Me quedé ahí, bajo el marco, observando, reconociendo. Las partículas de polvo bailaban en el gran haz de luz que entraba por la ventana. Nada había cambiado. Aunque me pareció que la casa estaba sumida en una quietud excesiva, como si también las cosas hubiesen participado de aquel descanso forzado. Caminé apoyándome en los muebles. Abrí y cerré con fuerza algunos cajones, corrí una silla arrastrándola, cambié un par de cacerolas de lugar, tomé un cucharón y golpeé el caño de tiraje de la cocina. Sonó como una campana y volví a golpear. Hice, deliberadamente, un poco de ruido. Introduje un poco de desorden en aquella paz. Regina me miraba extrañada, sin entender. Dijo:

—Se va a despertar el chico.

Fui hasta la puerta y me asomé al patio. Afuera se insinuaba la primavera. La claridad me hizo parpadear. Respiré con fuerza. El aire fresco me produjo un leve dolor al llenarme los pulmones. Pero era una sensación placentera. Me sentía débil y feliz. Regina corrió a buscar un abrigo y me lo colocó sobre los hombros. Me dijo que no debía abusar, me tomó del brazo y trató de guiarme hacia el dormitorio:

—Ya es suficiente, vuelva a la cama.

Me negué. Había decidido esperar a Mario levantada.

TREINTA Y TRES

Hasta ese momento la guerra sólo había sido sucesivas noticias de invasiones, amenazas lejanas. Pero un día supimos que también nosotros estábamos implicados. En realidad, nos dimos cuenta de que la situación se estaba poniendo mala a medida que comenzaron a escasear los alimentos. Cuando nació mi hija Elsa ya faltaba de todo. El pan, el azúcar, la carne, la harina, estaban racionados. Cierta vez que estuve enferma, para obtener unos gramos extra de una carne negra y casi incomible hubo que presentar una receta médica. Pagando muy caro, se conseguían algunos productos en el mercado negro. Había gente que se enriquecía con ese negocio.

Teníamos una oveja y una cabra. Hilábamos la lana de la oveja para tejer pulóveres, guantes, medias, bufandas. De la cabra aprovechábamos la leche. Cuando nacía algún cabrito lo vendíamos.

Llegó el momento en que cierta gente comenzó a comer perros. Eso me comentaba Mario. Que los gatos fuesen a parar a la cacerola era común. Quedaban pocos. Aquellas familias que todavía poseían uno lo cuidaban para que no se lo robaran. A los gatos machos los capaban para que engordaran y se les ablandara la carne. Sobre la calle ancha, junto al comienzo de nuestro sendero, había una casita donde vivía un matrimonio mayor. Buena gente, serviciales, se habían mudado ahí hacía algunos años. Tenían un gato de gran tamaño, pelo rojizo. Se comentaba que lo estaban reservando para comérselo en alguna fecha especial y que sacrificaban parte de su propia comida para mantenerlo bien alimentado. Lo veíamos al pasar, tomando sol detrás de la verja, en el jardín. De pronto el gato desapareció. Durante muchos días, la mujer, doña Teresa, recorrió las calles y los terrenos cercanos, buscándolo. El gato tenía un nombre: Bello. La mujer caminaba y lo llamaba de mañana y de tarde:

—Bello, Bello.

Después comenzó a visitar las casas de los vecinos. Contaba la historia de la desaparición, se lamentaba, maldecía al ladrón. En una oportunidad vino a casa con un pretexto cualquiera y mientras me daba charla miraba hacia todas partes, evidentemente buscando rastros de su animal. A los chicos de los alrededores les divertía la historia de doña Teresa. Cuando la veían pasar se burlaban de ella. Agachaban la cabeza, miraban hacia otra parte e imitaban el maullido de un gato.

A veces, en sus días libres, Mario partía con algún amigo, recorrían muchos kilómetros en bicicleta, se metían en algunas chacras y compraban, a precio razonable, papas, arroz, harina. El problema era el regreso. Corrían el riesgo de que los detuvieran, les quitaran la mercadería, los multaran y les hicieran pasar un mal rato. Así que en aquellos viajes no se sentían seguros hasta cruzar de nuevo la puerta de la propia casa.

Yo jamás había salido a buscar mercadería. Pero un día, Silvana, una pelirroja de mi edad, compañera de trabajo, me propuso ir juntas. Sabía de un lugar: gente honesta, comprensiva, que nos haría buen precio.

—No sé —le dije—, no me animo.

—Ya fui varias veces, conozco bien el camino —insistió.

Me convenció. Hablé con Mario. No le gustó la idea. Pero yo estaba decidida. Le dije:

—Es más fácil que dejen pasar a una mujer que a un hombre.

La madre de Mario, como lo hacía cada año, había venido a pasar unos días con nosotros y se quedó con los chicos.

Salimos de mañana. Era un 31 de diciembre. Pedaleamos hasta Verbano y dejamos las bicicletas en casa de unos amigos de Silvana, cerca del embarcadero. El trasbordador nos llevó hasta Arate y ahí tomamos un tren. Bajamos en una estación intermedia y tuvimos que esperar bastante hasta que apareciera otro tren que nos dejaría cerca de la chacra. Nadie estaba seguro de los horarios. Viajar era una cuestión de suerte. La gente aguardaba pacientemente sentada sobre sus bultos. Los empleados ferroviarios no daban explicaciones. Tampoco ellos sabían a qué atenerse. Se suponía que deberíamos haber estado en la chacra alrededor del mediodía, pero promediando la tarde todavía seguíamos viajando.

Llegamos a una estación de campo donde no había más que un grupito de casas y una hostería.

Detrás de las casas comenzaba un camino de tierra
que se perdía entre los sembrados. Anduvimos por
ese camino sin ver más que llanura, hasta que en
una hondonada, asomando desde un grupo de árboles, apareció un techo de tejas.

—Es ahí —dijo Silvana.

Salió a recibirnos un perro y detrás un hombre y
una mujer, flacos y arrugados, que debían tener
menos edad de la que aparentaban. Nos estuvieron
observando con desconfianza y se fueron acercando
cautelosos, el hombre adelante, la mujer un poco
más atrás. Era como si nos olieran, igual que el
perro. Reconocieron a Silvana y cambiaron de actitud. Después de los saludos, el hombre y la mujer
comenzaron a quejarse de los malos tiempos. Los
dos hijos habían sido movilizados y ahora estaban
solos para trabajar la tierra. Silvana y yo los escuchábamos, asentíamos y casi no tuvimos necesidad
de hablar hasta el momento de arreglar precio. Ahí
empezó un regateo en el que no intervine. Silvana se
había vuelto más locuaz que de costumbre y argumentaba sin parar. Pero me pareció que el hombre y
la mujer ni siquiera la escuchaban. Se limitaban a
sacudir la cabeza y decían:

—No, no.

Daban media vuelta, se metían en la casa y al rato
volvían a salir. Entonces recomenzaban las negocia-
ciones. Aquello se fue estirando. Pensé que terminaríamos regresando a Trani con las manos vacías.
Cada vez que el matrimonio desaparecía detrás de la
puerta y quedábamos solas en el patio, yo miraba a
Silvana. Le preguntaba:

—¿Y ahora qué hacemos?

Ella me tranquilizaba con un gesto:

—Un poco de paciencia.

Por fin, después de la tercera o cuarta retirada de los viejos, inesperadamente, hubo acuerdo. Compramos harina de maíz, harina de trigo y porotos.

El siguiente paso fue organizarnos para llevar la mercadería hasta la estación. Eran seis bultos. Cargábamos uno durante un trecho y volvíamos por otro. Íbamos avanzando por tramos cortos y tardamos bastante. Cuando tuvimos todas las bolsas en el andén nos sentamos encima a descansar.

Nuevamente tuvimos que soportar una larga espera. No se veía a nadie en las casas, parecía un pueblo abandonado. Solamente en la hostería se notaba movimiento. La puerta se abría de vez en cuando para que saliera o entrara algún hombre. Por fin, lento, oscuro, apareció un carguero. Metimos las bolsas en un vagón, subimos, nos instalamos y respiramos aliviadas.

—Ya estamos —dijo Silvana.

Pero pasaba el tiempo y el tren no arrancaba. Silvana fue a hablar con el maquinista y cuando volvió me informó.

—Recién sale dentro de una hora.

La luz iba menguando y hacía cada vez más frío. Silvana me miró, abrió los brazos y dijo:

—Es así.

Inesperadamente, sin silbato que lo anunciara, comenzamos a movernos. Vimos declinar el sol sobre los campos y cuando paramos en aquella estación donde debíamos cambiar de tren ya era noche. Descargamos y, cruzando las vías, trasladamos las bolsas a otro andén. Otra vez tuvimos que armarnos de paciencia. Caminábamos de una punta a la otra, pateábamos el piso, nos apretábamos el abrigo contra el cuerpo. Había un muchacho sentado en un banco. Tocaba la armónica, siempre el mismo tema. Vimos, lejos, la luz que avanzaba abriendo la oscuridad y nos preparamos. Otro carguero. Esta vez no demoró en partir. En una de las paradas tuvimos compañía: una mujer y dos chicas de unos trece o catorce años. Arrojaron sus cosas en el interior del vagón y treparon. Saludaron, se acomodaron en un rincón y ya no se movieron. No nos veíamos las caras y viajábamos en silencio. El tren corría a buena velocidad y de vez en cuando sonaba el silbato. Hacia afuera no se distinguía nada. Pero lejos, pese a la falta de luna, se perfilaban negras las ondulaciones de las montañas. Desde la oscuridad, la mujer preguntó:

—¿Qué consiguieron?

—Harina de maíz, harina de trigo, porotos —dijo Silvana.

—Tuvieron más suerte que nosotras —comentó la mujer.

—¿Ustedes qué consiguieron?

—Sólo harina de maíz.

—Fuimos hasta Sorona. Hay una chacra detrás de las casas. Tienen un poco de todo.

—La próxima vez probaremos ahí.

—¿Vienen de lejos?

—Bajamos una estación antes de Arate.

—Nosotras venimos de Trani.

Fue el único diálogo durante todo el trayecto. Yo miraba a través de la oscuridad, trataba de adivinar aquellas caras, me sentía hermanada con el silencio de esas mujeres. El traqueteo uniforme, el desfilar de sombras siempre iguales, me adormecieron. El tren se detuvo una vez más y vi a la mujer y las dos chicas saltar al andén. Silvana las estaba ayudando. Agradecieron, saludaron y las miramos escabullirse cargando sus bultos en la claridad escasa de los faroles de la estación.

Hubo una nueva demora y comencé a impacientarme porque sabía que solamente faltaba una estación. Cuando finalmente llegamos a Arate nos enteramos de que el último trasbordador había salido hacía media hora. No habría otro hasta las seis de la mañana del día siguiente. Nos sentamos en la sala de espera de la estación de trenes, resignadas a esperar el año nuevo ahí. Silvana no había perdido el buen humor y a cada inconveniente trataba de encontrarle un costado divertido. Su optimismo era contagioso y a la larga conseguía que también yo sonriera un poco.

Estábamos solas. Apareció un uniformado, se demoró en la puerta y paseó una lenta mirada por la sala como si ahí adentro hubiese una multitud. Después avanzó con paso lento y un poco teatral y caminó hacia el fondo, pasando a un par de metros de nosotras, ignorándonos. Frenó frente a un mapa enmarcado que colgaba de la pared, lo estudió durante unos minutos y se colocó las manos en la espalda. La izquierda apretando la muñeca de la derecha. La derecha abriéndose y cerrándose rítmicamente. Silvana me dirigió una mirada rápida que significaba: "Atención, ahí viene". El uniformado giró sobre sí mismo sin desplazarse del sitio donde estaba parado. Se demoró todavía un poco y reanudó la marcha. Al llegar junto a nosotras se detuvo y saludó:

—Buenas noches.

Sonó como una orden.

—Buenas noches —contestamos a coro.

Silvana no se limitó al saludo y se largó a hablar del trasbordador, de la hora, de los trenes, del frío, del inconveniente de pasar un treinta y uno de diciembre fuera de casa. El uniformado la escuchó sin pestañear. Esperó a que hiciera una pausa y preguntó:

—¿Qué llevan en las bolsas?

—Harina y porotos.

El uniformado sacudió la cabeza. Una, dos, tres veces. Se detenía y volvía a sacudirla. Por fin dijo:

—Saben que no se puede.

—Es sólo un poco de mercadería para darles de comer a nuestros hijos —dijo Silvana.

—No se puede —repitió el uniformado.

Nos estuvo hostigando durante un rato. Se mandó un pequeño discurso. Pero por el momento no parecía tener otras intenciones que hablar y hacerse el importante. Cuando se cansó de sermones preguntó:

—¿Dónde la compraron?

Silvana nombró una estación que no era la de la chacra donde habíamos estado.

—¿Cuánto pagaron?

Silvana mintió también sobre la cifra.

El uniformado pareció quedarse sin preguntas y durante unos minutos calló. Con la punta de la bota intentó empujar una de las bolsas.

—¿Cómo hicieron para cargar con tanto peso?

Acá Silvana aprovechó la oportunidad y exageró nuestras dificultades. Deslizó algunas bromas. Contó la historia de un curioso accidente que debió ocurrirle en otra ocasión o que acababa de inventar. Era una anécdota graciosa y pese a la situación me divirtió escucharla. Vi que el uniformado sonreía y pensé que era buena señal. En efecto, pareció olvidarse de las bolsas y cambió de tema. Se puso un poco paternal:

—Dos mujeres viajando solas en trenes de carga, de noche, es peligroso. Pasan muchas cosas.

—Lo sabemos —dijo Silvana—, pero a veces la necesidad no deja otra alternativa.

—Conozco los problemas, pero deben tener cuidado.

—Le agradecemos su preocupación. Se nota que usted es una persona honorable.

—No todo el mundo es así.

—Seguro que no.

Siguieron en ese tono. El uniformado preguntó:

—¿De dónde son?

—De Trani.

—Tengo unos amigos en Trani, quizá los conozcan.

—¿Cómo se llaman? —preguntó Silvana.

—Familia Ballestreri.

Yo nunca los había oído nombrar, pero Silvana aseguró que le parecía conocerlos y pidió más precisiones. Estuvieron un rato tratando de ponerse de acuerdo sobre aquella familia. Me dio la impresión de que no sólo Silvana mentía, sino también el uniformado.

—Si quiere mandar algún mensaje —dijo Silvana—, con gusto se lo llevamos.

—No es necesario. Tengo planeado ir a visitarlos pronto, apenas disponga de un día libre.

Se señaló el uniforme:

—Primero el deber.

—Claro —dijo Silvana—, primero el deber.

Rieron ambos y no entendí de qué. El uniformado estiró la mano y se presentó:

—Renato Frasani.

Mi compañera se apuró a estrechársela:

—Silvana Parmesini, mucho gusto.

—El gusto es mío.

También yo tuve que tender la mano.

El uniformado sacó un paquete de cigarrillos y

convidó. Yo dije que no fumaba, pero Silvana aceptó. Pegó una pitada, soltó el humo, puso cara de entendida y comentó:

—Buenos.

El uniformado echó humo a su vez y sonrió complacido. Dijo:

—No tiene sentido que pasen la noche acá. ¿Por qué no vamos a un sitio más cómodo y tomamos algo caliente?

—Buena idea —dijo Silvana.

Me miró:

—¿Vamos?

—Andá —le contesté—, yo me quedo a cuidar las bolsas.

No insistió.

—Vuelvo pronto —me dijo.

Mientras se alejaban alcancé a oír que el uniformado decía:

—Su amiga habla poco. ¿Otro cigarrillo?

Fue pasando el tiempo. Afuera andaba una locomotora haciendo maniobras y durante un rato, a través del vidrio de la puerta, vi la silueta de un hombre que se desplazaba agitando una linterna. Silvana no aparecía. Primero me preocupé, después me dije que seguramente la estaba pasando mejor que yo. Así que me olvidé de ella, traté de ponerme cómoda, me subí el cuello del abrigo y me dispuse a esperar el amanecer.

Pensé en mis hijos. La certeza de que los vería por la mañana me produjo alegría. Me descubrí tratando de comparar mi niñez con la de ellos. No me resultó fácil. En cambio creí comprender que la lucha de mis padres para criarnos no era diferente de ésta que sosteníamos diariamente Mario y yo. Había una pregunta imprecisa rondando en mi cabeza desde que me había quedado sola. Estaba ahí, siempre a punto de aflorar, pero se me escapaba. Era como si no encontrara la forma adecuada para manifestarse. Por momentos se diluía opacada por otros pensamientos. Entonces me esforzaba por recuperarla. Me parecía adivinar que detrás de ese material informe había algo importante, que debía ser aclarado. Sin duda mi pregunta estaba relacionada con esa vigilia en la sala de espera de la estación de Arate, con el frío y la incertidumbre, pero además con muchas otras cosas. Miraba las bolsas en el suelo, a mi lado, contra mis piernas, y me parecía reconocer en aquel contacto un peso que venía de lejos, la permanencia de una tarea ardua, un largo viaje comenzado hacía tiempo, en otra gente, en todos aquellos que me habían precedido y querido, un viaje mucho más extenso que el de esa noche subiendo y bajando de trenes cargueros. Pensé nuevamente en Mario, en mis padres. Me dije que finalmente sólo queríamos cosas simples: trabajar, educar a los hijos, cuidar nuestra casa. ¿Por qué habría de sernos tan difícil? Recordé a la mujer del tren y las dos chicas. Recordé el diálogo breve y después el silencio. Y al tratar de imaginármelas, quietas en su rincón, pegadas a sus bultos, era como si me estuviese viendo a mí misma.

Apareció un empleado ferroviario y se acercó:

—Señora, en este lugar hace mucho frío, venga con nosotros, allá está más caliente.

—Prefiero quedarme acá —le dije.

—Venga —insistió—, hay otros pasajeros.

Me negué y se fue.

Silvana y el uniformado aparecieron de madrugada, un rato antes de que saliera el trasbordador. Estaban de buen humor y el uniformado nos ayudó a acarrear los bultos. Dijo, involucrándome:

–Si vuelven a pasar por acá no dejen de buscarme.

Cuando dejamos el muelle amanecía. Silvana no hizo mención a su noche con el uniformado y yo no le hice preguntas. Llegamos a Verbano, descargamos y Silvana fue a buscar las bicicletas, mientras me quedaba esperándola. Acomodamos las bolsas en los portaequipajes, las aseguramos con pedazos de soga, montamos y partimos. Habíamos decidido no tomar el camino de la costa, sino otro, poco transitado, que subía y bajaba entre sembradíos y casas aisladas, y que desembocaba en el puente cerca de mi casa. Pero antes de salir del pueblo nos encontramos con un guardia municipal. Lo vimos de lejos y Silvana dijo:

–Mala suerte, justo venimos a toparnos con Carlini.

Había oído hablar de ese tipo, tenía fama de no perdonar una. Se paró en la mitad de la calle y levantó el brazo para que nos detuviéramos. Palpó las bolsas y preguntó:

–¿Qué es esto?

–Un poco de harina que nos dieron unos parientes –dijo Silvana.

–¿Parientes? Ustedes son acaparadoras, compran mercadería para revenderla en el mercado negro. Eso es grave, muy grave. Tengo que denunciarlas.

No aceptó argumentos, casi no nos dejó hablar. Pasaba gente y nos miraba sin detenerse. Carlini anotó nuestros nombres y direcciones, pero no secuestró lo que llevábamos.

–Por ahora pueden irse –dijo–, ya las citarán.

Seguimos.

–Esperemos que éste sea el último –dijo Silvana.

Nos separamos después de cruzar el puente.

Llegué a casa, abracé a los chicos y descargué las bolsas. Estaba muy cansada después del viaje y una noche sin dormir. Pero no podía dejar de pensar en aquel tipo, en la denuncia, la citación, la multa. Tomé una decisión. Hablé con mi suegra, le expliqué lo ocurrido, le dije:

—Voy de nuevo a Verbano. Intentaré convencerlo de que no nos denuncie.

Monté en la bicicleta y volví a cruzar el puente. Lo primero que se me ocurrió fue ir a la casa de Carlini. No me resultó difícil ubicarla. Era mediodía. Salió él a atenderme. Yo tenía algunas frases preparadas, las había estado elaborando mientras pedaleaba, pero cuando le vi la cara tuve que hacer un gran esfuerzo para aparentar humildad. Le recordé nuestro encuentro de la mañana. Le dije que tenía dos hijos para alimentar, le pedí que tratara de comprender.

Me escuchó y después comenzó a hablar de su deber, insistió en la gravedad de nuestra situación y siguió con un sermón que no acababa nunca y que me recordó al uniformado de Arate. Yo lo miraba fijo, asentía moviendo la cabeza y mientras tanto pensaba: "Por qué das tantas vueltas, grandísimo desgraciado".

Cuando se cansó de discursear hizo una pausa y tosió. Adiviné que vendría la sentencia definitiva. Dijo:

—Señora, usted se ha humillado y ha venido a verme, por eso la perdono. Pero a su amiga, no.

Le di las gracias y me fui. Esta vez tomé el camino de la costa y pasé por la casa de Silvana. Estaba durmiendo. Le conté. Dijo:

—Ese cerdo.

—Te conviene ir —dije.

—Tal vez vaya, más tarde.

Insistí:

—Deberías ir ahora, ya sabés qué clase de tipo es, si te la jura te la hace.

Me costó convencerla.

—Es un cerdo —repitió mientras se vestía.

Sacó la bicicleta y partió.

TREINTA Y CUATRO

Estuve enferma, una pulmonía. Fue avanzando la primavera y no terminaba de reponerme. Decidimos que viajara hasta Varalta, para pasar una temporada con los padres de Mario. Partí con los chicos. Era el verano del cuarenta y tres. Allá arriba la vida seguía con el mismo ritmo lento y la guerra parecía pertenecer a otro mundo y a otra gente. Al atardecer nos sentábamos afuera y hablábamos con mi suegra y algunas vecinas de las cosas de siempre. Las noticias que las conmocionaban estaban relacionadas con acontecimientos del lugar: el hijo de Pierino que se había accidentado mientras cazaba, la vaca de la prima Gina que se había caído en un barranco. Oscurecía sobre las montañas, se hacía noche y alrededor no había más que silencio. A esa hora era cuando crecía la impresión de estar muy lejos de todo, protegidos por la quietud y la distancia, como si hasta ahí nunca pudiese llegar nada capaz de amenazarnos.

El que traía noticias sobre la guerra era Gigio, un

primo de mi suegro, dueño de la hostería. Vino a vernos una noche, estaba excitado:

—Los aliados desembarcaron en Sicilia, avanzan hacia el norte, pronto los tendremos acá.

—Sicilia está lejos —dijo Guido.

Una mañana hubo gran agitación. Estaba parada en la puerta y vi a varios hombres correr hacia la hostería. Intercambiaban frases sin detenerse y por los gestos, por la expresión de las caras, deduje que no era la noticia de una desgracia lo que los alteraba. Me fui acercando, subí los tres escalones y me asomé. Eran unos quince, tomaban vino y cantaban. Algunos se abrazaban. Alguien me alcanzó un vaso:

—Tome, señora, hoy es día de fiesta.

Pregunté:

—¿Qué pasa?

—La guerra terminó —me contestaron.

Gigio estaba parado sobre una mesa, tomando del pico de la botella, e iniciaba los cánticos. Los demás lo seguían. Eran como chicos. Nunca había visto a hombres grandes entregados a una alegría tan aparentemente infantil. Faltaba que se tomaran de las manos e iniciaran una ronda. Apareció una bandera y la colgaron de la ventana.

—¿Cómo que terminó? —pregunté.

—Encarcelaron a Mussolini —me dijo uno.

—Pronto se firmará la paz —dijo otro.

—Entonces es cierto.

—Seguro, lo dijo la radio.

Pensé que si era así también en Trani estarían celebrando. Imaginé el pueblo, la gente. Me dije que hubiese sido lindo estar allá y andar por las calles y las hosterías compartiendo ese momento con Mario.

Seguían acudiendo hombres y mujeres y se sumaban al festejo. De pronto alguien me daba la mano, como si me felicitase, como si en mi carácter de foránea mereciese algún trato especial. Yo aceptaba y devolvía los saludos, pero todavía no lograba abandonarme a la euforia general. Algo en mí no terminaba de creer lo que oía. La magnitud de la novedad me sobrepasaba y me incitaba a la prudencia.

Descubrí a mi suegro en un costado, contra la pared. Se mantenía en silencio, no intervenía, estaba serio. Me acerqué. Me dijo:

—Estos festejan, creen que la guerra terminó, creen que es tan fácil, no conocen a los alemanes.

Los hombres estuvieron cantando y tomando hasta la noche. Después todos fueron regresando a sus casas, aunque hasta muy tarde el viento siguió trayendo, a través de la ventana abierta, canciones y voces. Las escuchaba desde la cama y seguía pensando en Trani, en Mario y en mi casa.

Pero en los días siguientes las cosas ya no fueron tan claras. Los hombres se siguieron reuniendo, aunque no para festejar, sino para intercambiar informaciones y escuchar las noticias de la radio. Vimos pasar algunos soldados, solos, en grupos de dos o tres. Se detenían para pedir algo de comer, para cambiar de ropa. Guido les vendía lo que podía. Supuestamente eran desertores del ejército que trataban de llegar a sus casas o a algún lugar seguro, que necesitaban ropas de civil para pasar inadvertidos.

Decidí regresar a Trani. Pero Guido me fue convenciendo de que esperara, que la situación era caótica, que era peligroso viajar. Me parecieron razonables sus consejos y así fui dejando pasar algunas semanas. Hasta que una noche tomé una determinación:

–Me voy mañana.

Guido todavía insistió pidiéndome paciencia. Pero cuando me vio preparar la valija fue a hablar con un sobrino para que le tuviera lista la calesa.

A la mañana siguiente nos llevó a la estación, tomó el trencito con nosotros y nos acompañó hasta Vicenza. Ahí nos despedimos. No había horarios estables, así que tuvimos que esperar un par de horas hasta que apareció un tren. Ya estábamos arriba, los chicos y yo, cuando descubrí que en ese vagón, y probablemente en todo el tren, no había un solo civil. Solamente soldados alemanes. Nunca había visto un soldado alemán. Nunca había experimentado tanto pánico. Quise bajar, pero ya era tarde. Estaba apretada entre los uniformes y los fusiles, sin atreverme a levantar la vista y mirar las caras de aquellos hombres. Me preguntaba: "¿Adónde irá este tren? ¿Y si va a Alemania?". Un soldado, joven, rubio, se puso a jugar con Elsa.

El tren se detuvo en una estación, comencé a abrirme paso, a pedir permiso, y de pronto me encontré parada en el andén, jadeante, descontrolada, con la valija en una mano y Guido pegado a mi pierna. Desesperada, le pregunté:

–¿Y Elsa? ¿Dónde está Elsa?

–La tenés en brazos —me contestó.

Buscamos un banco donde sentarnos y comencé a reírme de mí misma.

Tuvimos que soportar otra larga espera. Por fin llegó un tren. El vagón estaba lleno y pese a llevar a Elsa en brazos nadie me cedió el asiento. Llegamos a Milano. Nueva demora. Otro tren y luego el trasbordador. Enfrente estaban las montañas de Trani. Me encontraba otra vez en casa y respiré aliviada.

Mario estaba trabajando. Le había tocado un turno

doble y llegó al día siguiente, a media mañana. Tampoco él sabía muy bien qué estaba pasando, las noticias eran confusas. Al parecer Mussolini había sido confinado, teníamos otro gobierno, pero la guerra continuaba.

—¿Y de los aliados qué se sabe? —pregunté.

—Dicen que siguen avanzando.

A partir de mi regreso de Varalta tuvimos tiroteos casi todas las noches entre partisanos y fascistas. Habían adelantado el horario del toque de queda. Una nena, al salir del colegio, se había demorado jugando y mientras regresaba a casa la había matado una bala. Los fascistas acusaban a los partisanos de su muerte y los partisanos acusaban a los fascistas.

Supimos que los alemanes habían conseguido liberar a Mussolini y que ahora lo teníamos cerca, en el lago de Garda.

—¿Y los aliados? —nos preguntábamos.

En esos días, los fascistas torturaron y masacraron a cuatro muchachos, estudiantes, que se habían escondido en una cabaña, seguramente por temor a ser movilizados. Conocía a la madre de uno de ellos, era jefa de sección en una de las fábricas donde había trabajado. No sobrevivió mucho a aquella muerte.

Una tarde tuve que ir al pueblo con Elsa. Había estado lloviznando y pensé colocarle una capita roja que le habíamos comprado hacía unos meses, antes de mi enfermedad. Dudé: el rojo era un color prohibido. Estaba por desistir de la idea, pero después razoné: "Es una nena." La vestí y salimos. Recorrimos el sendero y bajamos a la calle ancha. Avanzábamos y en el día gris me parecía que la pequeña figura de Elsa era un estallido, una llamarada visible desde todas partes. Para colmo casi no había gente y eso, pensé, debía hacerla más evidente. Pasamos frente al colegio de las monjas y vi, al fondo de la hilera de árboles, el Puesto de la Virgencita (lo habían construido al lado de un nicho donde, protegida por un tejido, se veía una Virgen María en actitud de bendecir y delante de la cual nunca faltaban flores). Me dije que tal vez sería mejor dar media vuelta y regresar. Pero seguí. Distinguí sobre el techo del puesto, sentado con las piernas colgando, un camisa negra. Evité mirarlo y apuré el paso. Cuando pasamos oí su voz burlona que nos gritaba:

—Adiós Caperucita Roja.

Llegando al centro del pueblo tropecé con un cortejo fúnebre. Era el entierro de un fascista que había sido muerto dos días antes en un enfrentamiento con los partisanos. Tuve que esperar que pasara. Había bastante gente en el cruce de calles. Me mantuve atrás, a cierta distancia, contra una pared. Los chicos del colegio de enfrente habían salido a los balcones y cuando pasó el féretro levantaron el brazo haciendo el saludo fascista. También la gente saludó. Todos menos un hombre, trajeado, tendría cincuenta años, que mantuvo las manos cruzadas en la espalda. Dos tipos de civil se apartaron del cortejo, se le tiraron encima, lo trompearon y cuando cayó al suelo lo patearon durante un rato. Después se fueron. La escena se desarrolló rápida y en silencio. El cuerpo quedó ahí, doblado, retorciéndose. Nadie se le acercó. Yo, mientras lo golpeaban, había comenzado a retroceder, deslizándome a lo largo de la pared, y me protegí en un portal.

TREINTA Y CINCO

UNA DE ESAS TARDES VOLVÍ A RECORDAR algo que había
sucedido años antes, muchos años antes, cuando andaba por los quince y comenzábamos a ver por el
pueblo los primeros muchachos uniformados.

Al volver de la fábrica, viniendo por la calle ancha, después del colegio de las monjas, pasaba frente
a un grupo de casas aisladas. Siempre había unos
muchachos, cinco, seis, sentados sobre unos escalones o poblando la callecita que bajaba entre las
construcciones. Estaban ahí sin hacer nada, hablando, bromeando, dándose empujones. A veces uno se
levantaba, salía disparando y otro lo perseguía. Solían
gritarme cosas. Yo seguía con paso rápido, mirando
hacia adelante. Oía sus voces y sus risas aun cuando
llegaba arriba y encaraba por el sendero, sobre la
cuesta. Si estiraba el cuello, durante un trecho, podía
seguir viéndolos por encima del cerco. Después, a la
altura de la casa del Mulín, me los tapaban los
árboles.

De tanto pasar, aunque evitara mirarlos, los conocía a todos. Había uno, moreno, de nombre Piero, que mandoneaba a los demás. Seguramente no tenía más edad que sus compañeros, pero era el más fuerte. Cuando él intervenía, los juegos, las bromas, se convertían rápidamente en peleas. Su liderazgo era evidente y si alguno intentaba oponérsele lo sometía a golpes de puños. A veces, herido en su orgullo, uno de los otros pretendía seguir haciéndole frente más allá de lo prudente y el resultado era siempre el mismo. Había unas trompadas, una rodada, el rebelde escapaba en una carrera breve y se detenía a cierta distancia para limpiarse la ropa y tocarse, protestando, las zonas lastimadas por los golpes. Después todo se aquietaba, el grupo volvía a unirse y a sentarse, el castigado se integraba y ahí seguían, riendo, holgazaneando, hasta que, imprevistamente, explotaba otra vez la violencia y la callecita se convertía nuevamente y por unos minutos en un reducido campo de batalla. Me hacía acordar a un gallinero donde de pronto, sin previo aviso, surgía el enfrentamiento entre dos gallos y durante un rato sólo había confusión, picotazos y volar de plumas. A cada uno de aquellos muchachos, en una u otra oportunidad, le iba tocando soportar la prepotencia y la fuerza de Piero.

A menudo Piero vestía el uniforme de los jóvenes fascistas, los Balillas. Se notaba que le gustaba mostrarse, se paraba en el escalón más alto, sacaba pecho. Yo lo detestaba y deseaba verlo derrotado alguna vez. Una tarde, era verano, mientras me acercaba, advertí que había una cara nueva en el grupo. Justamente cuando estaba pasando, comenzaba a gestarse una discusión entre Piero y el desconocido. Se insultaban y se estaban yendo a las manos. Hubo un par de empujones, todavía sin que se levantaran, cada uno sentado en su escalón. Después se pararon y se pusieron en guardia. Los demás se apartaron para dejarles espacio. También ese día Piero estaba de uniforme. Comenzaron a golpearse y me pareció que esta vez la cosa iba más en serio que de costumbre. No me escapé, sino que fui aminorando la marcha y finalmente me detuve. Intercambiaron algunos puñetazos, después se abrazaron y rodaron. Cuando se levantaron y se separaron Piero sangraba por la nariz. Se pasó la mano por la cara, miró la sangre y arremetió. El otro lo contuvo y lo derribó. Era evidente que Piero estaba llevando la peor parte. Volvió a caer un par de veces. Su rival, más bajo, fornido, lo esperaba con las piernas separadas y los puños listos. Piero estaba furioso, insultaba, amenazaba. Cada vez que embestía iba a parar al suelo. Después de una nueva caída se levantó, corrió bajando por la callecita y se metió en una de las casas. Salió inmediatamente, esgrimiendo un puñal. Venía subiendo hacia donde estaba el otro, aullando, frenético, la cara ensangrentada, levantando el puñal que refulgía al sol. Había armado suficiente escándalo, había vociferado bastante cuando iba y después cuando volvía, como para que algunos vecinos, atraídos por los gritos, se asomaran a ver qué pasaba. Miraban desde las puertas con aparente indiferencia. La distancia entre la casa donde había entrado Piero y el sitio de la pelea no era mucha, unos cincuenta metros. Pero Piero no alcanzó a llegar. Había recorrido la mitad del trayecto cuando cayó hacia adelante y quedó ahí, la cara contra el polvo, convulsionado, rugiendo, me pareció que sollozando, temblando bajo el sol y la mirada de los vecinos y los muchachos del grupo. Y ahí quedó también, en el extremo del brazo estirado, aquel puñal, aquella hoja y su brillo inútil.

Cuando me marché Piero todavía seguía en la misma posición. Me pregunté qué podría haberle pasado. Quedé turbada por aquel suceso. No lograba encontrar en mí la satisfacción que debería haberme aportado aquella derrota. Y aun más tarde, en los días siguientes, no podía evocar las imágenes de aquel suceso sin malestar, sin sentirme también yo invadida por un sentimiento de vergüenza, como si algo de aquella humillación me hubiese alcanzado y manchado, como si hubiese ahí algo degradante que me involucraba, que me incumbía, que nos incumbía a todos.

Ése fue el episodio que volví a recordar cierta tarde en que Guido había llevado la oveja a pastar alrededor de la cancha de fútbol.

Apareció corriendo y me gritó:

—Quieren matar a la oveja.

—¿Quién?

—Los fascistas.

Lo acompañé hasta el Puesto de los Gitanos (tenía ese nombre porque había sido emplazado en un sitio donde solían instalarse los gitanos con sus carros cuando pasaban por el pueblo). Los soldados eran tres. Dos estaban sentados sobre el murito que rodeaba el puesto. El tercero sujetaba la oveja. Tenía un puñal en la mano y cuando nos vio llegar pasó el filo por la garganta del animal. Los otros rieron. Me detuve frente a ellos y los miré sin hablar. El del puñal me dijo que matarían a la oveja y se la comerían. Los otros dos volvieron a reír.

Entonces fue cuando me vino a la memoria, nítida, fuerte, la escena de mis quince años y el destello de la hoja del puñal abandonado en el polvo. Me pareció que estaba viendo la misma arma y que ésta, la que me tocaba vivir ahora, era de algún modo una

continuación, una repetición de aquella otra historia.
Creí saber por qué aquel cuerpo se sacudía en medio
de la calle y lo que Piero, el matoncito uniformado,
debió sentir en el momento de intentar asumir un
acto último: que su gesto, su determinación, eran
más grandes que él, más grandes que su furia o su
ceguera, que no podía con ellos, que él no era nada.
Supe que aquel acontecimiento, el de mi adolescen-
cia, no había sido más que la escenificación de un
acto de cobardía, la actitud final, desesperada y sin
salida de un derrotado de antemano. Y fue ahí
cuando por primera vez comprendí cuál había sido
para mí el significado de esa figura lastimosa arro-
jada bajo el sol. Pude descifrar aquel sentimiento de
degradación del que me había sentido contagiada.
Aquella derrota, lo que había en ella de insoportable
y humillante, de indigno, había ofendido algo en mí
y de alguna manera me había disminuido. No pensé
en todo esto, pero lo intuí como si un golpe de
viento me lo hubiese traído a manera de una revelación. Sentí que estaba ante una violencia igual, una
cobardía igual, que este uniformado con el que me
estaba enfrentando no era diferente de aquel otro,
que eran la misma cosa, que bien pudieron haber
sido la misma persona.

Había ido hacia el Puesto de los Gitanos con
temor, pero aquel puñal en lugar de intimidarme me
envalentonó. Y, mientras los dos soldados sentados
sobre el murito no paraban de reír y el otro seguía
jugando y amenazando la garganta del animal con el
filo de la hoja, exploté. No recuerdo mis palabras. Sé
que empecé diciéndole si no le daba vergüenza
abusarse de un chico y atemorizarlo de esa manera.
Después hablé y hablé y todo el tiempo, mientras me
iba enardeciendo, tenía presente la imagen de aquel

muchacho Piero tirado en el polvo. Y a medida que yo hablaba la expresión de la cara de este otro fue cambiando, dejó de sonreír y se fue poniendo cada vez más serio y vi que sus ojos me miraban con odio y supe que podía pasar cualquier cosa. Entonces callé. Las manos me temblaban. Hubo un silencio. Después el tipo soltó la oveja. Le dio una patada y la oveja vino corriendo hacia mí.

TREINTA Y SEIS

Entré a trabajar en una fábrica de polvo para budines.
Se llamaba Piletti, una firma de Milano. Huyendo de
los bombardeos, el dueño había dejado la ciudad y
se había instalado provisoriamente en Trani. Nosotros,
desde hacía tiempo, habíamos aprendido a convivir
con los tiroteos nocturnos entre los fascistas y los
partisanos que bajaban de las montañas. Nos en-
cerrábamos en nuestras casas y, con la luz de la
mañana, resurgíamos igual que animales de sus
cuevas para retomar la tarea diaria. Pero de ataques
aéreos sólo recibíamos noticias a través de la radio o
por los relatos de gente que, como Piletti, abandonaba
las ciudades.

Alrededor del pueblo, además del Puesto de los
Gitanos y el de la Virgencita, habían emplazado
otros, ubicados en lugares estratégicos. Eran pequeñas y macizas construcciones de piedra que
emergían de la tierra, generalmente circulares, con
aberturas como ojos por donde asomaban las ametralladoras. Nuestra casa quedaba afuera de aquel

cordón. Por lo tanto estaba ubicada entre dos fuegos. Los fascistas disparaban hacia nosotros desde el frente de la casa, los partisanos desde atrás.

En la casa de la señora Rosa, del otro lado del terreno, vivía un matrimonio mayor, cuyas nietas, buscando seguridad, habían venido a quedarse con ellos. Los padres permanecían en Milano donde tenían su trabajo. Las nenas –mellizas, diez años– se llamaban Anna y Ada. Cruzaban casi todos los días, me contaban de sus vidas en la ciudad, los sobresaltos permanentes, las alarmas, los refugios antiaéreos, una plaza llena de gente y de chicos ametrallada a las cuatro de la tarde, una escuela destruida por los aviones aliados muy cerca de su casa. Fue después de ese último bombardeo que el padre había decidido enviarlas a Trani. Aparentaban más edad de la que tenían, usaban trenzas, eran educadas y prolijas, reían poco. Cuando se referían a sí mismas, hablase una u otra, siempre se expresaban en plural. Pedían permiso para todo, hasta para darme una mano en las tareas de la casa:

–¿Nos deja ayudarla? –preguntaba Anna.

–¿Podemos barrer la cocina? –preguntaba Ada.

Decían:

–Nos gusta vivir con los abuelos, es como estar de vacaciones, pero nos pasamos el día pensando en nuestros padres. ¿Usted cree que la guerra terminará pronto?

Hubiese querido poder contestarles. Pero carecía de respuesta. Me di cuenta de que la de Anna y Ada era un tipo de preguntas que habíamos dejado de hacernos hacía tiempo. Que la guerra, por lo menos tal como la habíamos estado viviendo en aquella zona, había entrado a formar parte de nuestras vidas, era un elemento más, un destino aceptado, una costumbre. Y que se habían vuelto también costumbre la frecuentación de la muerte, las privaciones, la sorda pelea por la supervivencia. Pero Anna y Ada, desde su corta edad, no entendían o no aceptaban ese estado de cosas, esperaban cambios, exigían. Siempre me sorprendían, me obligaban a reflexionar.

—¿Qué piensa hacer cuando termine la guerra? —me decían.

Jugaban con mis hijos y a veces, cuando Elsa y Guido no iban al jardín de infantes, se los llevaban con ellas a la casa de los abuelos y los cuidaban hasta que Mario o yo volvíamos de la fábrica.

En la Piletti éramos todas mujeres y trabajábamos en un gran galpón sin divisiones. Mi tarea era liviana y monótona: verter el polvo en bolsitas de papel, pesarlas, colocarlas en cajas, cerrarlas. Teníamos una jefa —mujer gigantesca, de gran voz y buen humor— que nos decía:

—Chicas, pueden llevarse un poco de budín para sus casas. Pero no abusen, sólo un poco.

Yo mezclaba ese polvo con harina que conseguíamos en el mercado negro o nos mandaban de Varalta y horneaba un pan muy sabroso.

Habíamos tenido un día de sol fuerte y la jefa había mandado abrir algunos de los ventanales. Una de las compañeras me llamó.

—Vení —dijo—, mirá los aviones.

Me asomé. Los aviones eran tres y venían volando hacia nosotros, muy bajo, apenas por encima de las casas y los árboles. Brillaban. Cuando los tuvimos sobre nuestras cabezas —fue un segundo— me impresionaron por la potencia y hasta me parecieron hermosos vistos desde tan cerca. Pasaron e inmediatamente la estructura del galpón vibró y estalla-

ron los vidrios de las ventanas. El estruendo llegó
después. Sin saber cómo me encontré sentada en el
piso. Oí una voz detrás de mí:

–Dios mío, están bombardeando.

La jefa gritaba:

–Afuera, todas afuera.

Me levanté y me lancé con las demás a través de
la puerta. Nos dispersamos sin saber en qué dirección huir. Vi a varias arrojarse al suelo contra algún
muro, boca abajo, cubriéndose las cabezas con las
manos. Vi pasar una cara ensangrentada y un ojo
enorme, muy abierto, asomando entre la sangre.
Una mujer que había estado corriendo a mi lado me
tomó del brazo y trató de arrastrarme hacia el fondo
de una zanja por donde corría un hilo de agua. Me
resistí. Saltó sola y me llamó desde abajo:

–Venga, quédese acá.

Pero yo acababa de acordarme que Elsa y Guido
no habían ido al jardín. Corrí hacia casa. En alguna
parte, cerca, lejos, no podía precisarlo, hubo dos
explosiones seguidas. Oía los aviones que pasaban,
se alejaban, se perdían y un segundo después estaban otra vez ahí y eran como el acoso de una jauría
de perros rabiosos. Yo no levantaba la vista. Corría
y miraba el extremo de la calle vacía. Me parecía que
la calle no tenía fin y que por más que me esforzaba
no lograba avanzar. Tenía la impresión de haber
quedado sola en un pueblo desconocido y abandonado. Los muros, los árboles, las casas, aquellas
cosas que conocía desde siempre, se me aparecían
bajo una luz nueva y dura, como vistas a través de
un vidrio, como si los silencios súbitos, más evidentes y amenazadores después del fragor de los
motores, las hubiesen inmovilizado, fijándolas en
una quietud de cementerio.

Seguía corriendo. Estaba llegando al Puesto de los Gitanos. Vi, asomándose detrás del muro bajo, un soldado que levantaba el brazo y me hacía señas de que me detuviera. No le hice caso. Entonces se irguió y me apuntó con el arma. Gritó:

—Al suelo, tírese al suelo.

Había un campito de maíz y encaré hacia el medio. Nuevamente los gritos:

—No se meta ahí, salga, salga.

Desconcertada, regresé al camino. Ahora eran dos y ambos parecían apuntarme. Pensé que iban a disparar.

—No corra; al suelo.

Oí el zumbido de los aviones. Uno de los soldados gritó:

—Ahí vuelven.

Ambos se ocultaron.

Me arrojé a un costado y caí sobre una mata de hortigas. Permanecí inmóvil, soportando el ardor en las manos y en las piernas. Oí nítido el tableteo de las ametralladoras y un ruido a metal desgarrado. Allá adelante, la cima de un pino se estremeció como en un breve temblor nervioso, se desprendió del resto del árbol, se inclinó y cayó con la suavidad de una hoja en otoño.

De pronto hubo una gran quietud. No se oían aviones ni pájaros ni voces, nada. Giré la cabeza y vi a los dos soldados parados en la mitad de la calle, fumando, mirando el cielo y charlando tranquilamente como si estuviesen hablando del tiempo después de una tormenta. Me levanté y me acerqué. Uno, airado, dijo:

—Hay que estar loca para correr mientras andan los aviones arriba.

El otro, más calmo, me explicó:

–Nunca se meta en los sembrados. Saben que la gente va a esconderse ahí, es donde primero disparan.

Dije que sí, que entendía, que debía seguir porque mis chicos estaban solos.

–Vaya –me dijeron.

Cuando llegué encontré la casa vacía. Las puertas y las ventanas abiertas. Advertí que la pared del frente había recibido varios impactos, una de las persianas estaba destrozada. Busqué a Guido y Elsa por todas partes, bajo las camas, en el altillo, en el sótano, en el establo, en el henil. Con la desesperación no se me ocurrió pensar que seguramente estaban con las mellizas. Iba de un lado al otro y los nombraba en voz baja. Jadeaba y repetía:

–Elsa, Guido, Elsa, Guido.

Estaba como loca.

Oí que me llamaban. Era Elena, la abuela de Anna y Ada. Me gritó:

–Elsa y Guido están acá, están bien.

Crucé el terreno corriendo. Noté que también en esa casa había marcas en las paredes. Desde la parra que cubría el patio habían caído hojas y gajos como después del granizo.

–¿Dónde están? –pregunté.

–En el sótano.

Mientras bajábamos Elena me contó:

–Nos salvamos gracias a Anna y Ada. Estábamos todos afuera cuando oímos los aviones. Nosotros no le hubiésemos dado importancia, pero ellas empezaron a gritar y nos obligaron a protegernos.

En la estampida, Elsa había quedado rezagada. No se dieron cuenta de que faltaba hasta llegar a la escalera que llevaba al sótano.

–Fue Guido el que reaccionó primero y volvió a

buscarla –dijo Elena–. La encontró llorando en el patio. Ya tenían a los aviones encima. Tuvimos suerte.

Un rato después, en mis brazos, Elsa seguía llorando y quejándose:

–Me dejaron sola.

Dejamos el sótano, subimos y al salir al patio todos miramos el cielo sin nubes. Con los otros inquilinos fuimos a asomarnos al sendero. Hacia el pueblo, por el lado del río San Giorgio, se veía humo. No era una columna estable, sino que surgía a bocanadas blancas y negras, como si alguien las liberara abriendo y cerrando la puerta de un gran horno.

–Ahí seguro cayó una bomba –dijo el marido de Elena.

–Parece en la algodonera –dijo Elena.

–No, es más atrás –dije yo.

–Pobre gente.

–Tal vez no sea una casa.

–¿Qué otra cosa puede arder así?

Media docena de personas cruzaron la calle ancha y subieron al sendero para poder ver mejor. Se nos unieron. También ellas trataron de ubicar el sitio del incendio. Abajo, solitaria, pasó una mujer en bicicleta pedaleando enloquecida. Sopló un poco de viento y el humo fue hacia el lago. Un tipo joven, de nombre Arturo, dijo:

–Voy a ver qué pasó.

La esposa lo tomó de un brazo.

–Quedate, no vayas –dijo con una voz que era una súplica.

–Voy y vengo.

–No vayas –insistió ella.

Arturo se desprendió, pasó por encima del cerco, bajó la cuesta a los saltos, cruzó el prado y llegó a

220

la calle. Lo vimos alejarse con paso rápido en dirección al pueblo.

Nos quedamos ahí hasta que comenzó a oscurecer.

Mario no estaba ese día. Había ido a buscar mercadería por el lado de Ferrara. Me quedé con los vecinos hasta tarde. Eran más de las doce cuando me despedí y me fui con los chicos a dormir a casa.

Estuve despierta toda la noche. Volvían las imágenes de los aviones, la desbandada, aquella cara cubierta de sangre, las calles desiertas. Pensaba sobre todo en Elsa llorando en el patio, en Guido corriendo a rescatarla, en lo que podía haber ocurrido. No lograba quitarme esa escena de la cabeza. Cerraba los ojos con fuerza, los volvía a abrir, me levantaba, caminaba, me decía: "Basta, basta, no tengo que seguir pensando en eso".

A la mañana temprano —comenzaba a clarear— golpearon. Era Elena.

—Se ha estado juntando un grupo de gente —me dijo—, decidimos irnos, es peligroso pasar el día en casa, puede haber otro ataque.

—¿Adónde piensan ir?

—Al bosque.

—¿Dónde están reunidos?

—En la capilla de Renco.

—Esperen. Voy con ustedes.

Metí rápidamente algo de comida en un canasto. También un par de mantas. Tomé el dinero que quedaba. Desperté a los chicos y los vestí. Elena, el marido, Anna y Ada me esperaban en el caminito del fondo. En Renco, en las inmediaciones de la capilla, había mucha gente, tal vez fuesen más de cien personas. Emprendimos la marcha poco después. Cruzamos el río a la altura de Tersaso, nos

metimos en el bosque y nos fuimos acomodando
bajo los árboles, sobre la falda del Monte Rosso. A
media mañana se organizó un grupo y partió a
buscar alimentos. Dos mujeres con sus hijos se ubica-
ron cerca de nosotros. Por ellas nos enteramos de
que una de las bombas había dado de lleno en un
caserón que estaba detrás de la algodonera. Yo lo conocía bien, había ido más de una vez, no hacía
mucho, meses antes, a visitar a una amiga enferma. Los que vivían ahí eran todos obreros. Las dos
mujeres dijeron que había muerto mucha gente, familias enteras. Una de ellas, después de hablar,
se puso a llorar. No trató de ocultarse, no se secaba las lágrimas. Miraba al frente y lloraba en silencio.

Supimos también que el incendio había sido en un
aserradero. Y que los aviones habían hundido una
lancha en el lago.

—Ahora estamos igual que en Milano —dijo una de
las mellizas.

Elsa había vuelto a dormirse en mis brazos. Fue
pasando la mañana. Sobre los árboles se veía el cielo
despejado. Hasta nosotros subía el ruido de la corriente cercana. Nadie se movía. Permanecíamos
quietos, en pequeños grupos, sentados en el pasto o
sobre las rocas, esperando, como si tuviese que
ocurrir algo. Me produjo una extraña sensación
advertir que todos, al hablar, lo hacíamos en voz
baja. Mirábamos hacia donde estaba el pueblo. Aunque
desde ahí el pueblo no se veía. Nos lo ocultaba una
pequeña elevación cubierta de pinos. Pero igual
mirábamos hacia ese lado.

Comenzó a pesarme la falta de sueño. Tenía la
nuca apoyada en un tronco, cabeceaba, y en ese
duermevela me fue invadiendo la angustiante sen-

sación de haberme ido de mi casa para siempre, de
que había pasado mucho tiempo desde la última vez
que había estado allá. Abría los ojos sobresaltada,
miraba alrededor y volvía a descubrir a la gente en
la misma actitud de inmovilidad. Las figuras se
perdían bajo los árboles, algunas atenuadas por
manchones de sombra, otras exaltadas por la luz que
se filtraba a través de las ramas. Aquello se parecía
a un cuadro que había visto, aunque no recordaba
dónde. Me pregunté si volveríamos a cruzar el río
alguna vez o si estábamos condenados a permanecer sobre esa orilla, buscando nuestras casas sin lograr verlas, confinados al bosque como en un des-
tierro.

Estaba delirando con esas ideas, siempre a medio
camino entre la vigilia y el sueño, cuando vi a Mario que venía subiendo a grandes zancadas hacia
nosotros. Acababa de regresar, había recorrido las
casas vecinas y había averiguado dónde estábamos. Levantó a Elsa y a Guido. De las consecuencias
del bombardeo no sabía mucho más que nosotros.
Me escuchó relatar la aparición de los aviones, la
carrera desde la fábrica a casa, la angustia de no
encontrar a los chicos. Se lamentó por su viaje a
Ferrara:

—Justo se nos ocurre irnos un día como el de ayer.

—¿Quién podía saber que iban a bombardear? —dije.

—¿Comieron?

—Trajimos comida.

Se sentó en el pasto, armó un cigarrillo y también
él se puso a esperar. Le pregunté:

—¿Consiguieron algo?

—Arroz, papas, un poco de tocino.

—¿Tuvieron problemas?

—Nosotros no. Pero ya no se puede viajar de día. Están ametrallando los caminos.

—¿Pasaron por Milano? —preguntó una de las mellizas.

—Pasamos cerca, pero no entramos en la ciudad —dijo Mario.

—¿Vieron algo?

—Era de noche. Estaba todo tranquilo.

Hacia el anochecer Mario me dijo:

—Acá no podemos quedarnos.

—¿Qué hacemos? —pregunté.

—Vamos para casa.

—¿Y mañana?

—Mañana veremos.

Elena y el marido estuvieron de acuerdo en volver. Juntamos nuestras cosas y nos fuimos. Algunos emprendieron el regreso con nosotros. Pero otros se quedaron.

Nos enteramos de que en aquel caserón los hombres que removían los escombros habían oído el llanto de un bebé. Lo encontraron después de horas: en su cuna y bajo los cadáveres de las abuelas. En el momento del bombardeo las dos mujeres estaban solas con el chico. Se habían arrojado sobre la cuna para protegerlo del derrumbe con sus cuerpos, y así se había salvado.

Otra de las víctimas había sido el hijo del dueño de la fábrica de sombreros donde yo había trabajado una vez, cuando chica. Una bala lo había alcanzado mientras cruzaba el patio. La lista era larga: conocidos, gente que había trabajado conmigo, mujeres que habían sido mis compañeras. Todos los muertos eran civiles.

Fue a partir de ese día que las sirenas de las fábricas comenzaron a utilizarse, también en Trani, para prevenir los bombardeos. Aquel sonido, que durante años nos había marcado los horarios de entradas y salidas, el comienzo y finalización de los turnos, ahora adquiría un sentido siniestro, era portador de una nueva forma de sobresalto.

TREINTA Y SIETE

A VECES, APENAS OSCURECIDO, SALÍA AL PATIO a buscar leña y de pronto, alrededor, comenzaban los disparos. Surgían desde cualquier parte y eran como la explosión en cadena de fuegos artificiales al comienzo de una fiesta comunal. Entonces entraba corriendo y me refugiaba con los chicos en el rincón que me parecía más seguro. Habíamos colocado los colchones en el piso, lejos de puertas y ventanas.

Teníamos tiroteos muy seguido. En las paredes exteriores se iban sumando las marcas de los enfrentamientos. También el nogal había recibido su castigo. Arriba, dos ramas colgaban quebradas y habían comenzado a secarse. Abajo, a la altura de mis ojos, una bala había arrancado un trozo de corteza y ahora, abierto en flor, surgía un manojo de astillas como si se hubiese producido un estallido en el interior del tronco.

Los partisanos dejaban las montañas, llegaban hasta Tersaso y después avanzaban hacia Trani cruzando las quintas. Difícilmente iban más allá de nuestro terreno. Los oíamos moverse detrás de las persianas cerradas, llamarse con frases breves o silbidos secos. Disparaban y podíamos adivinar con exactitud en qué lugar del terreno estaban detenidos, detrás de qué árbol. Aquel intercambio de disparos podía durar una hora, dos. Súbitamente, así como había empezado, el tiroteo cesaba. Entonces sabíamos que los partisanos se habían replegado y que tendríamos una tregua hasta la noche siguiente o tal vez durante varios días. Por la mañana, Guido recorría la zona y juntaba las cápsulas servidas. Conocía los sitios estratégicos: ciertos troncos, un pilar, un desnivel del terreno. Clasificaba las cápsulas según el calibre. Tenía cajones llenos.

Durante la noche, desde la cama, oíamos pasar los aviones. Era impresionante ese zumbido. Parecían miles, no terminaban nunca de pasar. Yo me levantaba, envolvía a Elsa en una manta, tomaba a Guido de un mano y salía corriendo. Si estaba en casa, Mario me decía:

—¿Para qué te levantás? Quedate acostada. Las bombas pueden caer en cualquier parte. ¿Para qué correr?

Con frecuencia a Mario le tocaba horario nocturno. Elena cruzaba con las mellizas y me decía:

—No se quede sola, traiga a los chicos y venga a dormir con nosotros.

Entonces cenábamos con ellos y luego nos acomodábamos para pasar la noche. Solíamos charlar en la oscuridad, esperando, siempre atentos a lo que pudiera ocurrir afuera. A veces transcurría el tiempo sin novedades y comentábamos:

—Parece que esta noche nos van a dejar dormir tranquilos.

Otras veces los disparos nos sorprendían en la mitad de una frase.

—Empezó el baile —solía decir el marido de Elena.

La casa de Elena no estaba menos expuesta que la nuestra y pese a la compañía me sentía más tranquila sobre mi colchón tirado en el piso. Así que aceptaba aquellas invitaciones de tanto en tanto, pero generalmente prefería quedarme en mi casa.

Los turnos nocturnos de Mario solían comenzar o terminar durante el toque de queda. Le habían otorgado un permiso especial para poder circular de noche. Pero el permiso no garantizaba seguridad. Los fascistas disparaban sin pedir identificación. Sus compañeros de trabajo, pese a que casi todos vivían en el pueblo, dentro del cerco formado por los puestos de control, esperaban a que amaneciera. Recién entonces abandonaban la fábrica. Mario, en cambio, salvo que hubiera tiroteo con los partisanos, montaba en su bicicleta y volvía a casa.

Le preguntaba:

—¿Por qué no te quedás en la fábrica?

Siempre me contestaba lo mismo:

—Quiero dormir en mi casa.

Ése era su único argumento. Inútil intentar razonar con él sobre el tema. Le habían disparado en dos oportunidades y había terminado tirado en una zanja. Recuerdo una noche en que volvió con la ropa embarrada y el cuerpo dolorido en varias partes. Tenía el brazo derecho casi inmovilizado por el golpe de la caída y un raspón en una pierna. Sentado en una silla trataba de accionar el brazo lastimado ayudándose con el otro. Me pareció que estaba realmente preocupado. Reconoció que las balas le habían picado muy cerca. Dijo:

—Esta vez casi me dan.

Pensé que a partir de ahí cambiaría de actitud.

Pero al día siguiente fue la misma historia. Yo insistía, le rogaba:

—Quedate en la fábrica.

—Quiero dormir en mi casa —volvía a contestarme. Nada más.

Solía esperarlo levantada, parada en la puerta, con las luces apagadas. Conocía su horario de salida y a partir de ese momento comenzaba a sufrir. Lo seguía imaginariamente en el recorrido por las calles vacías, calculaba el tiempo, escrutaba la oscuridad, prestaba atención al menor ruido. A veces, algunos disparos sacudían el silencio y entonces me decía: "Es él, le tiraron a él". Temblaba. Y de pronto lo veía surgir de la noche, con la bicicleta al hombro y su paso parejo, tranquilo, como si llegara de un paseo.

Más tarde, pensando en esos días, me dije que ciertas facetas de la personalidad de Mario tal vez no se me hubiesen revelado tan claramente de haber vivido épocas menos duras, si la realidad no nos hubiese puesto a prueba tantas veces. Al conocerlo, inmediatamente había advertido que era un hombre obstinado y orgulloso, y eso me había gustado de él. Pero una actitud como aquélla, ese empecinamiento en querer regresar a casa durante la noche, aun arriesgándose a que lo balearan, me desesperaba, no lo entendía, se me antojaba irracional y egoísta.

Tardé mucho en presentir que aquella respuesta suya ante mis preguntas no era solamente la manifestación primitiva de un montañés obcecado, como hubiese dicho su cuñado Roberto. Comencé a pensarlo después, cuando intenté recordar la manera en que Mario recalcaba la última parte de aquella frase, las dos palabras finales, la entonación de la voz al decir: mi casa. Me pregunté qué quería decir exac-

tamente. Me pregunté si para él aquella expresión
tenía el mismo significado que para mí.

Me bastaba cerrar los ojos para recuperar siempre
la misma imagen de mi casa. Parecía un juego, pero
era más que eso. Podía percibirla simultáneamente
desde todos los ángulos: frente, costados, la parte de
atrás. Inclusive desde arriba, como en una visión
aérea. Y penetrar en los cuartos, en los muebles, en
los rincones. Todo al mismo tiempo. Y aun más
adentro, más en profundidad, hacia el sentido oculto
de cada detalle, su carga de recuerdos y de sueños,
un mundo amasado trabajosamente, secretamente, a
lo largo de los años.

Me pregunté cuáles serían las imágenes que desfilaban por la cabeza de Mario. Seguramente surgían
de raíces diferentes, se alimentaban de historias
diferentes, pero en esencia debían representar la
misma cosa. Fue entonces, pensando en eso, cuando
me dije que más allá de mis miedos, mi prudencia,
mi sentido común, había una parte mía que coinci-
día con Mario, que hubiese podido acompañarlo en
la elección aparentemente suicida de aquellas noches. Y supe que así, y no de otra manera, hubiese
querido hablarles a mis hijos de su padre el día que
me tocara hacerlo. Un hombre, les diría, que seguramente temía al peligro y a la muerte como cualquier persona cuerda, que iba y venía de su trabajo,
que cumplía silenciosamente con lo suyo. Un indi-
viduo que como tantos había sido privado de casi
todos sus derechos. Pero que había descubierto
disponer de uno al que no estaba dispuesto a re-
nunciar: el derecho a dormir en su casa. No importaban el toque de queda ni las ametralladoras. No
importaba que alrededor rugiera la guerra y el mundo
se hubiese vuelto loco.

TREINTA Y OCHO

Un día Mario volvió del trabajo y me dijo:

—Están llegando los alemanes.

Pregunté:

—¿Y ahora qué va a pasar?

Como tantas, era una pregunta sin respuesta.

—No sé —me contestó Mario—. Parece que se van retirando hacia Alemania, esperemos que no se queden mucho tiempo.

—¿Dónde están?

—Por todas partes. Colocaron algunos cañones en la cancha de fútbol.

Fui hasta el borde de la cuesta y Mario me siguió. Dos carros blindados y cuatro motocicletas subían en ese momento por la calle ancha. No hicimos comentarios y sólo intercambiamos una de esas miradas en las cuales todo estaba dicho. Después volvimos y cada uno se dedicó a los rituales cotidianos: acarrear leña para el fuego, preparar la cena, indagar si existía la posibilidad de conseguir un poco más de harina y de tocino. ¿Qué más podíamos hacer? A la preocupación, a la impotencia, oponíamos lo único que aparentemente nos quedaba: cierta ciega obstinación por preservar aquel mínimo orden en nuestras vidas. En medio del derrumbe general seguramente intuíamos que eran esos gestos, antiguos, reiterados, los que todavía podían hablarnos de solidez y esperanza.

La cancha de fútbol quedaba cerca de nuestro terreno. Estaba en la quinta, al otro día, recogiendo hortalizas, cuando hubo un gran ruido alrededor y la tierra me tembló bajo los pies. Era el primer cañonazo disparado hacia las montañas. Era también la señal de que otro infierno acababa de sumarse a los miedos que nos quitaban el sueño desde hacía tanto tiempo. Estos nuevos uniformes traían peligros inéditos, de los que habíamos oído hablar largamente, pero cuya real dimensión desconocíamos.

Veía a los alemanes patrullar las calles y sentía que nuestro espacio se iba reduciendo aun más. Sentía que esos hombres eran los dueños de todo. Con frecuencia se me cruzaba ante los ojos la imagen de aquel grupo de personas refugiadas del otro lado del río después del primer bombardeo. Como ellas, durante esas horas, yo había buscado, sin verla, mi casa. Recordaba la sensación de lejanía y de extrañeza. Ahora estaba en mi casa, entre sus paredes, pero me sentía aun más despojada que aquel día. Era como si cada vez me empujaran más atrás, más al fondo, hacia una zona donde la casa sólo mantenía sentido y validez en alguna secreta parte de mí misma, en mi imaginación, y únicamente allí, mediante un esfuerzo de fe, pudiera preservar su valor de cosa intocable.

Los operativos de rastrillaje comenzaron no bien

los alemanes llegaron. Recorrían las casas, acompañados siempre por algunos fascistas, se llevaban a los hombres y los encerraban en los salones de las escuelas, que en esa época habían dejado de funcionar. Los hombres permanecían hacinados en aquellas cárceles provisorias hasta que los cargaban en camiones, los transportaban hasta la estación de tren, los metían en vagones de carga y los enviaban hacia Alemania. Ignorábamos con qué criterio –si es que existía alguno– se seleccionaba a los deportados. Me tocó presenciar uno de esos traslados al pasar frente a la escuela donde había concurrido de chica. Estaban los familiares –esposas, padres, hijos– llenando la calle, gritando y tratando de acercarse a los camiones. Los soldados los rechazaban con las culatas de los fusiles.

Las listas eran largas y aumentaban a medida que pasaban los días. Yo había dejado la Piletti para volver a la fábrica donde había trabajado desde chica. Siempre había alguna compañera que aparecía con la información de nuevos detenidos.

–¿Cuándo fue? –preguntábamos–. ¿Dónde? ¿Cómo?

Tratábamos de rescatar datos, la mayor cantidad de datos posibles, tal vez para desentrañar, egoístamente, desesperadamente, en aquella absurda lotería del terror, algún detalle que nos confirmara la posible exclusión de nuestro hombre en la cacería lanzada sobre el pueblo.

Supimos de un muchacho que se había negado a seguir a los soldados en uno de aquellos operativos. Estaba blanqueando las paredes exteriores de su casa cuando fueron a buscarlo. Le ordenaron acompañarlos. Dijo:

–No voy.

Repitieron la orden. Él los ignoró y siguió blanqueando. Lo mataron ahí mismo, trepado a la escalera.

A veces, tímida, aparecía la esperanza:

—Hace una semana que están quietos.

—Tal vez se haya terminado. Tal vez ya no se lleven más a nadie.

Pero de pronto, venidos vaya a saber de dónde, surgían rumores de que habría un nuevo rastrillaje. La noticia pasaba de boca en boca y de nuevo el suplicio del miedo y la incertidumbre volvía a instalarse en cada uno. Era como si el aire se hubiese envenenado y al respirarlo nos arrastrara a una sorda locura colectiva. Podía ver esa locura en los ojos de los demás, en los míos propios si me miraba en el espejo. Entonces los hombres corrían a esconderse. Franco, el inquilino de arriba, había cavado un pozo bajo una pila de leña y se ocultaba ahí. Giacomo, un vecino, se metía en un gran caño de desagüe que desembocaba al fondo de la barranca. Mario, como siempre, permanecía inmutable.

Le decía:

—Hacé algo, escondete.

—¿Dónde? —me contestaba.

—En cualquier parte.

Se negaba a moverse. Yo, desesperada, insistía:

—¿Y si vienen acá?

Entonces me decía:

—Si vienen tal vez me lleven, pero si me encuentran escondido seguro me fusilan.

Era una actitud que ya le conocía. La misma de cuando se negaba a quedarse en la fábrica hasta la finalización del toque de queda porque quería dormir en su casa. O cuando permanecía acostado mientras yo salía disparando al oír el paso de los aviones durante la noche. Como siempre, me exasperaban esa calma y esa aparente inconsciencia. Una vez le tocó también a él estar en una de las escuelas. No fueron los alemanes quienes lo llevaron. Iba para la fábrica, era muy temprano, no había amanecido. Lo interceptaron unos fascistas, y, pese a mostrarles el permiso para circular de noche, se lo llevaron. Pero no lo encerraron en una de las salas donde estaban los demás. Lo dejaron en un pasillo, en un primer piso. Pasó parte de la mañana ahí, solo, sin saber qué ocurriría. Cerca del mediodía apareció un soldado, italiano, y al verlo le preguntó:

—¿Qué estás haciendo acá?

Mario le explicó lo ocurrido, le mostró su permiso de circulación. El otro revisó el permiso y después dijo:

—Acompáñame.

Bajaron la escalera y cuando cruzaban el patio Mario vio su bicicleta donde la había dejado. Todavía no sabía qué iba a pasar, pero se estaban dirigiendo hacia la calle y pensó que tal vez lo dejarían en libertad. Así que se animó y dijo:

—Ésa es mi bicicleta.

—Después —dijo el otro.

Salieron, anduvieron un trecho y cuando estuvieron suficientemente lejos el soldado se detuvo:

—Esperame acá, ahora te traigo la bicicleta.

Se fue, volvió, se la entregó y le dijo:

—Podés irte.

Mario nunca lo volvió a ver, nunca supo quién era. Vaya a saber cómo terminó ese tipo.

Una mañana nos enteramos de que habían matado a un alemán durante la noche, en Tersaso. No había sido en un enfrentamiento. Lo habían apuñalado. Ya conocíamos el diez por uno: diez civiles fusilados por cada alemán muerto. Sabíamos también que la elección de las víctimas era indiscriminada, que le podía tocar a cualquiera. Sacaban a los hombres de las casas o los detenían en la calle, los colocaban contra una pared y los ametrallaban. Aquel día todo el pueblo de Tersaso esperó la represalia. Pero esta vez los alemanes querían al culpable. Fueron a buscar a los chicos del jardín de infantes y los llevaron a la plaza. Eran veintiséis chicos, entre tres y seis años. Había dos monjas con ellos. Los pusieron en fila delante de una ametralladora y se encargaron de que la población se enterara de que los matarían si no aparecía el asesino del soldado. El plazo vencería a las cuatro de la tarde. El cura acudió al comando alemán para pedir clemencia, pero fue rechazado. Se le unió el párroco de Trani. Volvieron a ser rechazados. Apelaron a personajes influyentes del partido fascista. Todos los intentos fueron inútiles. A último momento, cuando estaba por vencer la hora, alguien se presentó. Lo ejecutaron inmediatamente.

Después supimos que se trataba de un tal Tosi, un hombre joven, de oficio carpintero, que vivía solo. Se comentó que seguramente no había sido él quien había matado al alemán.

Días más tarde me tocó ir a Tersaso y alguien me señaló el sitio donde lo habían ajusticiado. Aun desde lejos se podían ver las manchas de sangre seca sobre las piedras.

TREINTA Y NUEVE

Sabíamos que una villa ubicada pasando el puente sobre el río San Giorgio —un edificio claro y cuadrado que apenas se veía desde el camino— también había sido ocupada por los alemanes y servía para albergar prisioneros. Pero no eran de los que luego cargaban en trenes y enviaban rumbo a Alemania.

Cuando era chica, aquel gran parque —Villa Donati—, había jugado un papel importante en mi imaginación. La reja sólida que rodeaba el predio, el portón de entrada, la inscripción en latín grabada en un bloque de mármol, me parecían entonces los límites de un territorio tan atractivo y misterioso como los jardines de ciertos cuentos de hadas. Al pasar (acompañada por mi padre o por Elsa), me detenía para espiar hacia adentro. Veía fuentes, estatuas, senderos de pedregullo blanco, muchas flores. Hasta la luz parecía más intensa del otro lado de la reja. Nunca había descubierto gente. Salvo, en una oportunidad, la desdibujada figura de un jardinero podando los rosales. Era un mundo ordenado, estático y vacío, donde, sin embargo, me parecía que todo podía suceder. Ahora, aquel espacio cerrado, deseable y prohibido durante mi niñez, se había convertido en un símbolo de horror. Ahí, decían, se torturaba y se mataba.

Se suponía –luego se confirmó– que en Villa Donati estaba encerrado Alfio Marino, el marido de una muchacha de nombre Pola, que había trabajado conmigo en los telares. Tenían dos nenas. A Alfio lo conocía de la época del Fantoli y alguna vez me había sacado a bailar. Era muy flaco y alto, cabello rizado, vivía haciendo bromas. Buen conocedor de las montañas, Alfio se dedicaba a llevar grupos de judíos hasta la frontera con Suiza. Un día no había vuelto.

Cierta mañana, en la fábrica, a primera hora, corrió la voz de que los prisioneros de Villa Donati serían fusilados.

–¿Quién lo dijo? –pregunté.

–Lo saben todos.

–¿Cuándo?

–Esta tarde, a las cinco.

Eran cuarenta y tres, todos hombres. Apareció una lista que fue pasando de mano en mano. Tal vez había sido proporcionada por los mismos alemanes. O por algún soldado italiano. Yo también la tuve y sentí que me quemaba. Ahí estaba Alfio Marino, uno de los primeros. Había muchos otros nombres conocidos, de Trani o de localidades cercanas. Había también desconocidos, que seguramente habían sido traídos desde sitios más alejados.

Recorrimos aquella lista con dos compañeras: una mujer mayor y una jovencita recién ingresada en la fábrica. La mayor se puso a leer en voz alta, deteniéndose en cada nombre. A medida que leía se me aparecían las caras de los nombrados, recordaba en un pantallazo dónde vivían, de quiénes eran hijos, con quiénes se habían casado, cuáles eran sus oficios, cuándo los había visto por última vez. Aquellos nombres caían como pedradas. Eran cuarenta y tres, pero parecían cientos, la lista no terminaba nunca. Las dos que escuchábamos permanecíamos calladas, los ojos fijos. La que leía seguía con el mismo ritmo. Oírla era como un castigo, como una tortura. De todos modos la mujer no llegó al final. En determinado momento se le cerró la garganta y se puso a llorar.

—Malditos alemanes, malditos fascistas —dijo la jovencita—. Malditos, malditos.

Salí de la fábrica temprano, a las tres, porque estaba cumpliendo horario corrido. Mientras regresaba a casa por el camino acostumbrado fui descubriendo un pueblo que no había visto nunca. Después de tantos años, le conocía cada rincón y señal: piedras, muros, colores, olores, anuncios sutiles de los cambios de estaciones. Cosas que amaba y me alimentaban, que me habían acompañado de chica y de grande, a las que había visto ir mudando de sentido y tonalidades según los acontecimientos. Fundamentalmente en los momentos críticos, en los más duros. Primero, a través de los sobresaltos y los miedos infantiles. Después, con las muertes de mi madre, mi padre y Elsa. Más tarde, ante la amenaza de las armas, la masacre de los bombardeos, los terrores nocturnos. Esas cosas mías cambiaban siempre, se adaptaban, se teñían, oscurecían. Y también había aprendido a conocerlas en esos cambios, sabía que permanecerían ahí, que seguirían estando, inamovibles como anclas, y que tarde o temprano volverían a transformarse y a virar hacia los colores de la vida.

Pero ese día fue diferente. Porque era como si una gran sombra se hubiese abatido sobre las casas. Un toque de queda en pleno día, un luto general. Las calles estaban vacías. Me cruzaba con alguna persona y me parecía que evitábamos mirarnos, como agobiados por la carga de una vergüenza que nos impidiera enfrentar los ojos del otro. Ya no era miedo, indignación, impotencia. Sino algo así como una invencible tristeza. Y tal vez un oscuro sentimiento de culpa. Era como si el pueblo —y con el pueblo todos nosotros— hubiese muerto para siempre.

Conocía la casa de Alfio Marino. Al regresar tenía que pasar cerca, a unos cincuenta metros. Me sobresaltó verla. Puertas y ventanas estaban cerradas. Me detuve y me quedé mirándola, sin saber por qué lo hacía. Me pregunté: "¿Y si apareciese Pola?" Me di cuenta de que algo en mí reclamaba esa posibilidad y, al mismo tiempo, temía que ocurriera. Me pregunté: "¿Estará Pola en la casa? ¿Estarán las nenas con ella? ¿Las nenas se habrán enterado?" Me mantuve ahí un rato largo, como desafiándome a soportar aquella visión.

Después seguí, llegué a mi propia casa y me esforcé por enfrentarme con las obligaciones de siempre. Pensé que allá en la fábrica, los motores, las máquinas, los telares, seguían funcionando igual que cada día. Ahí, en mi cocina, el fuego crepitaba y el agua de una cacerola hervía sobre la llama. Y sin embargo nada era igual. Todo seguía agobiado por la misma sombra. Salí al patio. Recordé la lista, la lectura, las palabras de la compañera jovencita. Me dije que de nada servía maldecir a aquellos que apretarían los gatillos. Pese a ello también yo repetí: "Malditos alemanes, malditos fascistas". Mi voz me resultó extraña en tanto silencio. Se oía el zumbido de los cables de electricidad que pasaban por el fondo del terreno. Esperaba que ocurriera algo, un hecho, una presencia, que me arrancasen de esa soledad. Vaya a saber por qué recordé los gritos de mi primer parto, también los quejidos de mi padre en sus últimos días. Tal vez quisiera anteponer, a manera de escudo, a manera de justificativo, aquellos dolores a este otro dolor, al vacío que me rodeaba. Pero este vacío invalidaba todo: gritos y dolores. Me pregunté si ya habría pasado la hora. Miré el cielo sereno, ausculté el silencio aguardando una señal. Nada. Algunos pájaros volaron de arbusto en arbusto. Un mirlo, oscuro, solitario, cruzó sobre la casa y fue a ocultarse en uno de los pinos que rodeaban la cancha donde estaban los cañones.

Más tarde llegó Mario y por él supe que la ejecución se había llevado a cabo a las cinco en punto, en un sitio llamado Fondotoce, a algunos kilómetros del pueblo, cerca de la costa del lago.

(Mucho tiempo después supimos que no todos habían muerto en aquel fusilamiento. Al retirarse los alemanes del lugar, un soldado italiano que los había acompañado creyó advertir que un cuerpo se movía. Regresó apenas pudo. Efectivamente, descubrió que uno de los fusilados seguía vivo. Lo cargó hasta la casa de unos campesinos y lo dejó ahí. Lograron que fuera un médico y lo salvaron. Cuando estuvo en condiciones de moverse se fue a las montañas. Bajó con los partisanos el día de la liberación. Pero su cabeza no había quedado bien, nunca se recuperó. No era de Trani, no tenía parientes ni amigos. Andaba por el pueblo, aceptaba el vaso de vino que le convidaban, comía de lo que le daban, dormía acá y allá. Una vez Mario lo trajo a casa y le tiró un colchón en el piso de la cocina para que pasara la noche bajo techo. Ahí lo conocí. Era muy joven, moreno, miraba lejos con aire melancólico, sólo hablaba cuando le hacían preguntas. Se fue quedando en la zona. Lo llamaban el Quarantatre.)

CUARENTA

Los alemanes partieron con sus tanques y sus cañones.

Después hubo una noche en que el tiroteo entre partisanos y fascistas fue más encarnizado que nunca. Nuevamente me había tocado estar sola con Elsa y Guido. Permanecí acostada entre los dos, reteniéndolos contra mí, los ojos abiertos en la oscuridad, esperando que las armas callaran. Recién hacia la madrugada se hizo la calma. Noté que el ritmo de la respiración de los chicos había cambiado y supe que por fin se habían dormido. Comenzaba a clarear. Me levanté y salí. Como siempre, la gran quietud de la mañana parecía negar el reciente infierno nocturno. Vi a Mario que venía por el sendero, empujando su bicicleta. Fui a su encuentro. Me dijo:

—Se fueron, se terminó.

—¿Quiénes se fueron?

—Los fascistas.

Seguí mirándolo en silencio. Me acordé de aquel festejo en Varalta, cuando todo el mundo creía que la guerra había terminado.

—¿Estás seguro? —pregunté.

—Sí —dijo sin exaltación.

Deseaba abandonarme a la novedad, pero era como si el cansancio de esa noche y de tantas otras me hubiese asaltado de golpe, dejándome vacía y sin fuerza para reaccionar. Aquel anuncio, tan deseado, ahora me excedía.

—¿Se fueron? —volví a preguntar, todavía incrédula.

Mario asintió una vez más, serio, moviendo la cabeza. Apoyé las manos en el manubrio y miré hacia el pueblo: árboles, postes de luz, techos, chimeneas, curvas de montañas. Las mismas imágenes de momentos antes. Hice un esfuerzo, sin lograrlo todavía, por apurar en mí aquel tránsito, por arrancarme del estupor y entregarme a la euforia. Mario me preguntó por los chicos.

—Duermen —le contesté.

—Vení —me dijo—, vamos a ver.

Bajamos hasta la calle ancha y me senté en el caño de la bicicleta. Recién entonces, mientras Mario pedaleaba y bajábamos hacia el Puesto de la Virgencita, sentí que comenzaba a despertarme y me iba invadiendo la impaciencia. Desde lejos vi un grupo de gente reunida frente al puesto. Pensé: "Entonces es cierto". Llegamos y desmontamos. Mario dejó la bicicleta contra un tronco. Mientras nos acercábamos observé con atención aquella construcción de piedra, baja, cerrada y sólida como un puño. La percibí como la había percibido siempre: amenazadora, maléfica, igual que un hongo venenoso. Durante mucho tiempo, años, al pasar por aquella calle, al verla, había experimentado la misma sensación, el mismo malestar. Ahora ya no había uniformes a la vista y por las aberturas rectangulares no asomaban las bocas de las ametralladoras. Me parecía increíble ver aquel lugar tan desguarnecido y accesible, sin sus guardianes y sus máquinas de muerte. Me acerqué más y toqué esos muros como quien toca con cautela el cuerpo de una bestia herida. Después di la vuelta, me asomé a la entrada y espié hacia el interior. No era más que una cueva desnuda y vacía, con el piso cubierto de cápsulas servidas y armas abandonadas.

Esa misma mañana bajaron los partisanos. Venían por la calle ancha, con los pañuelos rojos al cuello y las armas al hombro. Cantaban. En primera fila, imponente como siempre, luciendo una larga barba blanca, vi a Bruno Teani, el gigante de la muleta que había sido amigo de mi padre.

Desde temprano hombres y mujeres se dedicaron a saquear el cuartel general fascista. Se llevaron todo lo que pudieron cargar y arrancar: mesas, escritorios, sillas, máquinas, cortinas, arañas, trofeos, vajillas, canillas. Por la noche el pueblo estuvo de fiesta, se tomó, se bailó y a la mañana siguiente, en las hosterías, se seguía cantando cuando el sol ya estaba alto.

Inmediatamente comenzaron los fusilamientos. La gente, después de averiguar dónde serían las ejecuciones, se movilizaba a pie o en bicicleta, se reunía en el lugar y esperaba que llegara la hora, como quien espera la función de un circo.

También vimos a mujeres rapadas —colaboracionistas, amantes de alemanes o fascistas–, obligadas a recorrer las calles en fila india, entre burlas e insultos.

En la fábrica circularon fotos con los cuerpos de Mussolini y Claretta Petacci colgados de los pies en una plazoleta de Milano. Con mis compañeras hablábamos de la mujer que había disparado cinco veces contra el cadáver del Duce: un disparo por cada hijo perdido en la guerra.

Cerca de nuestra casa, del otro lado de la cancha de fútbol, en un prado que la separaba del cementerio, fusilaron a cinco hombres. Guido andaba por ahí esa tarde y se mezcló con la gente que había acudido. Nadie le impidió acercarse, nadie intentó alejarlo para evitar que viera. Cuando regresó a casa me contó cómo habían traído a los hombres en un camión, cómo los habían obligado a bajar y los habían alineado en el borde del terreno. Los cinco estaban en camisa. Uno intentó escapar. Pero sólo alcanzó a girar y a dar dos pasos. Fue el único que recibió los tiros en la espalda. Después arrojaron los cuerpos sobre un carro y los metieron en el cementerio.

También yo presencié un fusilamiento. Pero no porque fuera a buscarlo, sino por casualidad. Había ido al pueblo, vi gente reunida sobre la costa y me acerqué. Me enteré de que los partisanos habían juzgado y condenado a uno de los suyos. Había robado en una granja e intentado violar a una mujer. Accidentalmente o no, la mujer había resultado muerta. Me quedé para verlo, pero me dije que me iría antes de la ejecución. Sin embargo, después ya no pude despegarme. Era un tipo de unos treinta años. Los pelos del pecho le asomaban por la camisa. No parecía importarle demasiado que fueran a matarlo. Lo colocaron contra el parapeto donde todavía, como cuando yo era chica, solían emplazar el palo enjabonado horizontal. Tenía las manos libres. Pidió un cigarrillo. Se lo dieron y se lo encendieron. Lo fumó de espaldas al lago, enfrentado a la gente. Los que nos habíamos reunido alrededor y los que tenían que disparar esperábamos sin hablar. Lo mirábamos aspirar el humo, retenerlo en los pulmones y luego soltarlo mirando el cielo. Nunca pensé que se tardaría tanto en fumar un cigarrillo. Inesperadamente, lo arrojó al piso sin terminarlo. Uno de los partisanos había ido a sentarse en un banco, con el fusil entre las piernas. Se levantó y, caminando despacio, como con desgano, se unió a los otros. Intercambiaron un par de frases y se prepararon. Dispararon varios. Hubo un momento de silencio. Después algunos de los espectadores comenzaron a retirarse. Pero la mayoría se quedó, como si esperara que fuese a ocurrir algo más. Hacía un rato que aquel hombre estaba muerto y el cigarrillo todavía seguía humeando.

Las cosas siguieron así un tiempo. Después algunas voces se levantaron para pedir cordura y que se terminara con la matanza. Ya habíamos tenido demasiados años de dolor y de muerte –dijeron–, se estaba fusilando a muchos inocentes y en más de un caso había quien aprovechaba la situación para ajustes de cuentas personales.

Los fusilamientos cesaron. De todos modos, durante un tiempo, nos siguieron llegando noticias de horrores y venganzas. Recuerdo el caso de un hombre de San Giorgio, un caserío emplazado del otro lado del río, subiendo la montaña. El hombre se llamaba Aleati. La historia me la contaron así: para evitar que su hijo fuera movilizado, Aleati lo escondió en un pozo cavado en el sótano de la casa. Hizo correr la voz de que el muchacho había escapado. Un vecino, partidario del régimen, que sabía o sospechaba, lo denunció. El muchacho fue hallado y fusilado. Finalizada la guerra, Aleati se vengó. Esperó al hijo del vecino cuando iba a buscar agua a una fuente, lo asesinó y después arrojó el cuerpo en un barranco.

Era un chico de doce años. La policía no tardó en aclarar el crimen. Había una pregunta que muchos nos habíamos hecho: ¿por qué en lugar del chico no había matado al delator? Aleati la contestó cuando fueron a buscarlo. Mientras se lo llevaban no paraba de gritar:

—Él me quitó a mi hijo y yo le quité el suyo, quería que sufriera tanto como me hizo sufrir a mí.

CUARENTA Y UNO

Hicimos un rápido viaje a Varalta. En el trayecto vimos casas bombardeadas, puentes volados, tanques y vehículos abandonados en los campos. Junto a una estación, en un terreno rodeado por un alto tejido, se elevaba una montaña de armas que se herrumbraban bajo la lluvia. Vimos cruces por todas partes. Mientras el tren corría mirábamos en silencio aquellas señales y yo, todo el tiempo, tenía la impresión de que sobre pueblos y ciudades había pasado y quedado atrás un gran sacrificio inútil. Durante la guerra, después de los tiroteos, los bombardeos, los fusilamientos, sentía que la destrucción y la muerte dejaban bajo el cielo una marca imborrable, que nada volvería a ser como antes. Después me asombraba comprobar que no era así. Aquello que no dependía de los hombres seguía su curso e insistía. Ahí, en los campos por los que cruzábamos ahora, los cereales crecían alrededor de los tanques.

Pensamos que todo iba a cambiar. En la fábrica comenzaron a funcionar las comisiones: socialistas,

249

comunistas, democristianos. Hubo huelgas. Los democristianos, en general, no apoyaban los reclamos y solían favorecer a la patronal. Dos por tres salíamos en manifestación, íbamos a la plaza, los dirigentes se subían al palco y hablaban, decían que debíamos permanecer unidos, que había que hacer esto y lo otro, que debían otorgarnos tal cosa y tal otra. Cuando la manifestación pasaba delante de la casa donde vivía el director (lujosa, con jardín y tres grandes perros corriendo y ladrando detrás de las rejas), el que encabezaba la columna y llevaba la bandera la daba vuelta, la punta del asta hacia abajo, en señal de desprecio.

Presencié un enfrentamiento en la fábrica, entre un delegado y el director. El delegado, la cara roja, la voz ronca, le gritaba:

—Antes eran ustedes los que tenían el cuchillo por el mango, ahora el cuchillo por el mango lo tenemos nosotros.

Pero muy pronto nos dimos cuenta de que no era exactamente así. Poco tiempo después, a ese mismo delegado terminaron despidiéndolo. De todos modos algunas cosas se conseguían. Se podía hablar y protestar. Yo recordaba años anteriores, cuando teníamos prohibido celebrar el día primero de mayo. Estaban los carabineros en la puerta y había que entrar en silencio. Sólo cuando habíamos cruzado el portón y nos encontrábamos en el patio, detrás de la reja, algunas obreras se animaban a gritar: "Viva el primero de mayo, viva la bandera roja".

A veces las huelgas se realizaban quedándonos en la fábrica. Parábamos todos los telares. El director (todavía era el mismo que me había empleado cuando tenía trece años) se paseaba por el salón, se me acercaba y me decía:

–¿Te parece bien esto?

Yo no le contestaba. Se dirigía a otras compañeras. Ellas tampoco le contestaban. Se enfurecía:

–Vamos, vamos, pongan a funcionar los telares.

La única que no paraba durante las huelgas era una muchacha democristiana, Lidia Mariani. Menuda, de nariz filosa, llevaba un gran crucifijo de madera sobre el pecho. Pasaba su tiempo libre con las monjas. El padre trabajaba en la fábrica, estaba a cargo de tareas de limpieza. También un tío, hermano del padre, encargado del mantenimiento de máquinas. Y una hermana de ella. Los tres estaban en otras secciones. Padre, tío y hermana eran comunistas. El padre siempre discutía con Lidia. Sobre todo cuando estaban en su casa (de eso nos enterábamos porque la hermana contaba). Trataba de hacerle entender, le explicaba que no debía ponerse en contra de las compañeras, que su actitud perjudicaba a todos. Pero ella no cedía. Durante las huelgas la fábrica entera estaba muerta, todo permanecía en silencio, y se oía funcionar un solo telar, el de Lidia Mariani. Las obreras desfilaban, pasaban a su lado y le escupían la cara. Y aun después, a la salida, la esperaban formando una doble fila, por la que estaba obligada a pasar, y la insultaban. Ella seguía firme. Supimos que en la iglesia, durante la misa, el cura la había elogiado largamente: una chica de esa edad, tan valiente, enfrentándose a toda una fábrica. También la había nombrado como ejemplo un diario democristiano.

Mientras tanto había llegado una carta de Argentina. Era de un hermano de Mario. Mario me la leyó en la cocina. La terminó y la volvió a empezar. El hermano le ofrecía trabajar juntos, le pagaría el pasaje, le prometía grandes cosas. Mario partiría solo, pero la separación duraría poco, no tardaría en reunir el dinero para que nos embarcáramos también nosotros, aquél era un gran país, nos gustaría, las posibilidades eran muchas y buenas. Todo eso decía. Mario estaba eufórico. Aquel viejo sueño del que me había hablado al conocernos se estaba por concretar. Se metió la carta en el bolsillo, montó en su bicicleta y partió para la fábrica. Lo miré irse y traté de ordenar mis ideas.

Esa noche y al otro día conversamos sobre el tema. Yo dudaba. Mario ya daba la cosa por hecha, pero advertía mi falta de entusiasmo. Pedía mi opinión.

—No sé, no sé —le contestaba.

—Voy y pruebo, veo cómo es, si no me gusta vuelvo.

Parecía absurdo oponerse y no me opuse. Mario escribió aceptando. Llegó otra carta. Mario comenzó los trámites.

Nos encontrábamos con conocidos en la calle y les informaba:

—Me voy a Argentina.

Lo felicitaban, me felicitaban. Yo sonreía y no decía nada.

Fue como un vértigo. Todavía no me había acostumbrado a la idea y ya estábamos sobre la fecha. Cuatro semanas, tres semanas, dos. Mario había dejado la fábrica y los compañeros le organizaron una despedida en la hostería. También vinieron vecinos y amigos a visitarnos. Todos decían envidiarle y envidiarme la suerte. Yo callaba.

Igualmente rápido llegó el día de la partida. Esa mañana fuimos a sacarnos una foto todos juntos. También aquello formó parte de la ceremonia de despedida. Recuerdo los preparativos ante la cámara, las luces, las cortinas, la voz del fotógrafo.

(Guido está parado a la derecha de la foto, ha ido a la peluquería el día anterior y le han rasurado los costados de la cabeza dejándole en cambio bastante pelo arriba, duro y parado, que recuerda los pinches en el lomo de un puercoespín. El cuello de la camisa blanca le cubre la solapa del saco. El saco le queda chico. El brazo izquierdo cuelga y la punta de los dedos tocan el borde del pantalón corto. La manga del saco sólo le llega hasta bastante más arriba de la muñeca, causando la impresión de una mano enorme. Mantiene los pies juntos y en el esfuerzo por estar derecho se inclina de manera que el cuerpo adquiere una posición oblicua y parece que fuese a caerse sobre su hermana. A su lado, Elsa está sentada sobre un cubo de madera. Grandes rizos y un moño cubriéndole el costado izquierdo de la cabeza. Intenta sonreír, pero sólo lo logra con un costado de la boca, de manera que más bien parece haber sido sorprendida realizando una mueca. Lleva un vestido plisado, a cuadros, con cuello de encaje. Los brazos descansan al costado del cuerpo, los puños cerrados. Las piernas cuelgan y los pies se entrecruzan. Calza un par de zapatitos de charol, con presilla, de aquellos que yo había deseado inútilmente cuando tenía su edad. Después estoy yo, sentada al lado de Elsa. Mi brazo izquierdo se pierde detrás de ella y mi mano derecha descansa sobre una rodilla. Tengo el pelo recogido, llevo unos aros que habían pertenecido a mi madrina. También yo estoy inclinada hacia Elsa. Detrás de nosotros, parado, está Mario, de traje. El nudo de la corbata es muy grande y ocupa casi todo el espacio libre entre las solapas del saco. Tiene el pelo aplastado. Se ha dejado un bigote fino. La inclinación de Guido hacia el centro, mi inclinación, y la cabeza de Mario en el medio, a manera de vértice por encima de las nuestras, confieren al grupo la forma de un triángulo. Todos, seguramente por indicación del fotógrafo, igual que Elsa intentamos esbozar una sonrisa. Hay un contraste evidente, porque en los cuatro, pese al esfuerzo de los labios por sonreír, los ojos conservan una sombra de seriedad y es como si mirásemos muy lejos, mucho más allá de la cámara, detalle que confiere a la foto cierto clima de melancólica gravedad.)

Almorzamos en casa. Pasamos la tarde dedicados a los últimos preparativos y con algunos amigos que habían venido a despedir a Mario. Al atardecer fuimos al pueblo. Nos esperaba Bepi, compañero de trabajo de Mario y padrino de Guido. Teníamos un par de horas por delante. Había un parque de diversiones, llegado a Trani una semana antes. Nos entretuvimos recorriendo los juegos. Mario estaba contento. Entró en la pequeña tienda de una gitana y salió riendo, muy divertido porque la adivina le había recomendado que se cuidara mucho de una mujer rubia.

Finalmente llegó la hora y nos encaminamos a la parada del ómnibus, junto a la orilla del lago. Ya se habían prendido los faroles. Tuvimos que esperar un rato. Después hubo una despedida apresurada: besos, abrazos, recomendaciones. El ómnibus partió y nos quedamos parados en la mitad de la calle, hasta que lo vimos perderse más allá del puente sobre el río San Giovanni. Entonces emprendimos el regreso a casa.

CUARENTA Y DOS

Todavía había estado esperando que ocurriera algo capaz de torcer el curso de los acontecimientos. No sabía qué. Pero después, con las primeras cartas de Mario, me fui haciendo a la idea de que muy pronto llegaría, también para nosotros, la hora de partir. Inicié los trámites.

Aquel verano pasó rápido. Me robaron la bicicleta. Carla consiguió casarse. En Tersaso, en un bosque, tres chicos encontraron una granada, se pusieron a jugar y les explotó en las manos. El padre de Mario sufrió un ataque y Regina me escribió pidiendo plata, lamentando el viaje y rogándome que nos acordáramos de ellos cuando estuviésemos todos en América. Elsa estuvo a punto de ahogarse. Habían ido al río, ella y Guido, a un sitio que llamábamos el Pozo. Elsa y una amiga de su edad estaban paradas sobre una roca sumergida y a causa del limo resbalaron hacia la zona profunda. Guido se dio cuenta cuando los cuerpos ya estaban sumergidos. Se zambulló y sacó a Elsa, mientras otro chico rescataba a la compañera. No habían tragado mucha agua y la cosa no pasó del susto. Esa noche Elsa me contó que mientras se hundía y volvía hacia la superficie, su único pensamiento era: "¿Cómo le va a explicar esto mi mamá a mi papá?"

En una de sus cartas Mario me sugirió que tal vez fuese conveniente vender la casa. Comencé inmediatamente una respuesta diciéndole que la casa nunca se vendería.

Pasó el otoño, el invierno, avanzó la primavera. Me presenté en el directorio de la fábrica para avisar que me iba y pedir mi indemnización. Me dijeron que no me correspondía nada, ya que abandonaba el trabajo por mi propia voluntad. Entonces hablé con una delegada democristiana. Recurrí a ella porque nos conocíamos desde chicas, habíamos sido compañeras en la escuela.

—Quedate tranquila, yo me encargo de averiguar —me dijo.

Pero fue pasando el tiempo, se fue acercando el día en que dejaría la fábrica y seguía sin novedades. De vez en cuando la delegada me traía información: estaban estudiando mi caso, no era fácil, harían todo lo posible. Por fin me comunicó que efectivamente los estatutos establecían que si renunciaba al trabajo, no importaban las circunstancias, perdía el derecho a cualquier reclamo. No me conformé con su respuesta y recurrí al delegado socialista. Le conté lo de la delegada democristiana. Se molestó un poco. Dijo:

—¿Por qué se dirigió a ellos? ¿Por qué no vino a consultar con nosotros?

No supe qué contestarle. Estuve a punto de esgrimir el argumento de la escuela, pero me pareció una excusa tonta. Dos días después vino a buscarme.

–La engañaron –me dijo–, existe una cláusula muy clara que contempla la situación de la esposa que debe partir para reunirse con el marido. Tienen que pagarle hasta el último centavo, le corresponde absolutamente todo: indemnización, premios, inclusive la tela para el uniforme.

Cuando llegó el momento de cobrar ya había dejado de ir a trabajar. El delegado se encargó de controlar que los importes estuvieran correctos. Mientras me acompañaba hasta la salida repitió aquello de que debería haber ido a hablar con ellos directamente.

–Ya vio cómo es esa gente –dijo.

Me dio la mano y me deseó suerte. Esa fue la última vez que estuve en la fábrica.

Faltaba poco para irnos. A la curiosidad que despertaba el viaje se mezclaba el desconcierto por el viaje. Contaba los días. Me habían entregado el pasaporte, los certificados de vacunas, los pasajes. Comencé a embalar. Del altillo bajamos dos grandes baúles que habían pertenecido a mi madrina. Metimos todo lo que pudimos: la máquina de coser, la bicicleta de Mario, cuadros, colchas, ropa, libros de Guido (Salgari, Julio Verne), cacerolas, sartenes, platos, cubiertos, vasos, cafetera, plancha, tijera de podar, una azada y una pala sin los cabos, herramientas. Yo no quería desprenderme de nada. Nos ayudó un vecino. Después, en un carro tirado por un burro, llevó los baúles y los cajones hasta la estación de tren de Fondotoce y los despachó para Genova.

Vendí los muebles. El dormitorio a unos vecinos, la mesa y las sillas a una compañera de trabajo, la cuna a otra vecina.

Dos días antes de viajar, Guido bajó hasta el Pozo, se metió y nadó un poco. Era comienzo de junio y el agua estaba helada todavía. Aquella noche tuvo fiebre y a la mañana siguiente llamé al médico. Guido me dijo que no había querido irse sin despedirse del río.

Hasta último momento, yo seguía formulándome preguntas que no encontraban respuesta. Teníamos lo que habíamos querido siempre: la casa, el terreno, la posibilidad de trabajar. Habíamos defendido esas cosas, las habíamos mantenido durante esos años difíciles. Ahora, cuando aparentemente todo tendía a normalizarse, ¿por qué debíamos dejarlas? Me costaba imaginar un futuro que no estuviese ligado a esas paredes, esos árboles, esas montañas y esos ríos. Había algo en mí que se resistía, que no entendía. Sentía como si una voluntad ajena me hubiese tomado por sorpresa y me estuviese arrastrando a una aventura para la cual no estaba preparada.

La mañana de la partida me desperté temprano. Era el día de Corpus Christi. Todavía no había comenzado a clarear. Salí y me senté en el banco de piedra. Cantaban los gallos. El aire olía a limpio. Percibí el silencio alrededor, respiraba con fuerza y trataba de pensar. Pero en mí no encontraba sino vacío y asombro. Recuperaba imágenes del pasado, volvía a verme en ese banco con Carla y Lucia, con Elsa, y me parecía que estaba abandonando también esos recuerdos. Me levanté, me asomé a la cuesta, anduve entre los almácigos, llegué hasta el fondo, toqué el tronco del nogal, me detuve acá y allá y miré el terreno desde todos los ángulos. Lo miré como tantas veces, en tantos años, y fui tomando conciencia, con doloroso estupor, que ahora lo estaba viendo de una manera única y definitiva. Era extraño advertir cómo el cielo se teñía una vez más, las cosas de siempre que volvían a definirse, y saber que dentro de un rato emprenderíamos viaje y todo eso quedaría atrás. Trataba de fijar en la memoria cada detalle, quizá para poder recordarlo después, para no perderlo todo, y llevarme algo de esa mañana de despedida. Se me enganchó la manga de la camisa en la rama de un rosal y tuve que tironear bastante para desprenderme. Aquel pequeño incidente casi me hizo llorar. Llevaba en la mano una bolsita de tela y la llené de tierra. Me acordé de mi abuelo abonando esa tierra, de mi padre punteando, sembrando hortalizas.

Después comenzaron a sonar las sirenas de las fábricas. La cresta del Monte Rosso se coloreó y rápidamente la luz fue iluminando la ladera. Entré en la casa, abrí una valija y guardé la bolsita con la tierra. Recorrí las habitaciones como había recorrido el terreno. Con el brazo extendido rocé las paredes, las puertas, las ventanas. Me senté en un rincón y me quedé ahí, sin moverme, hasta que fue la hora de despertar a Elsa y Guido.

Vino mi hermano y me entregó una foto donde estaba con su mujer y su hijo.

—Para que no te olvides de nosotros —dijo.

Más tarde aparecieron los vecinos. También Carla. Llegó el momento. Hubo abrazos y lágrimas. Me decían:

—Nos veremos pronto.

Salimos por última vez de aquella puerta, cruzamos el patio por última vez, bajamos por el sendero y nos fuimos por la calle ancha. A cada paso giraba la cabeza para mirar la casa, hasta que la casa desapareció y sólo quedó la copa del nogal y un poco más adelante ni siquiera eso. Después hubo un ómnibus, un tren, otro tren, el puerto de Genova, un barco y América.

Esta edición
se terminó de imprimir en
Compañía Impresora Argentina
Alsina 2049, Buenos Aires,
en el mes de setiembre de 1994.